発行・日刊現代／発売・講談社

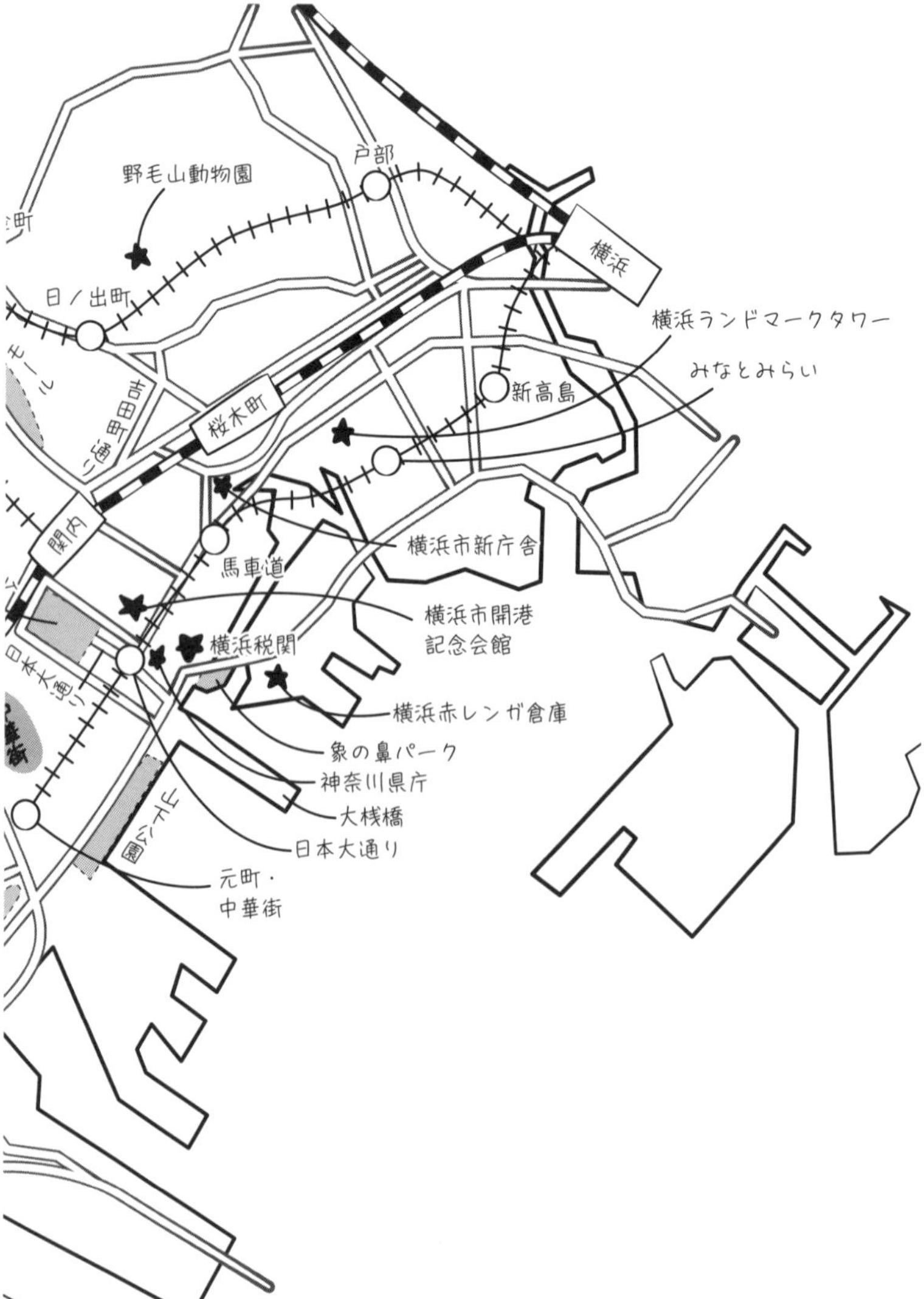

野毛山動物園
戸部
日ノ出町
横浜
横浜ランドマークタワー
みなとみらい
新高島
桜木町
関内
馬車道
横浜市新庁舎
横浜市開港記念会館
横浜税関
横浜赤レンガ倉庫
象の鼻パーク
神奈川県庁
大桟橋
日本大通り
元町・中華街
山下公園
日本大通り

YOKOHAMA MAP

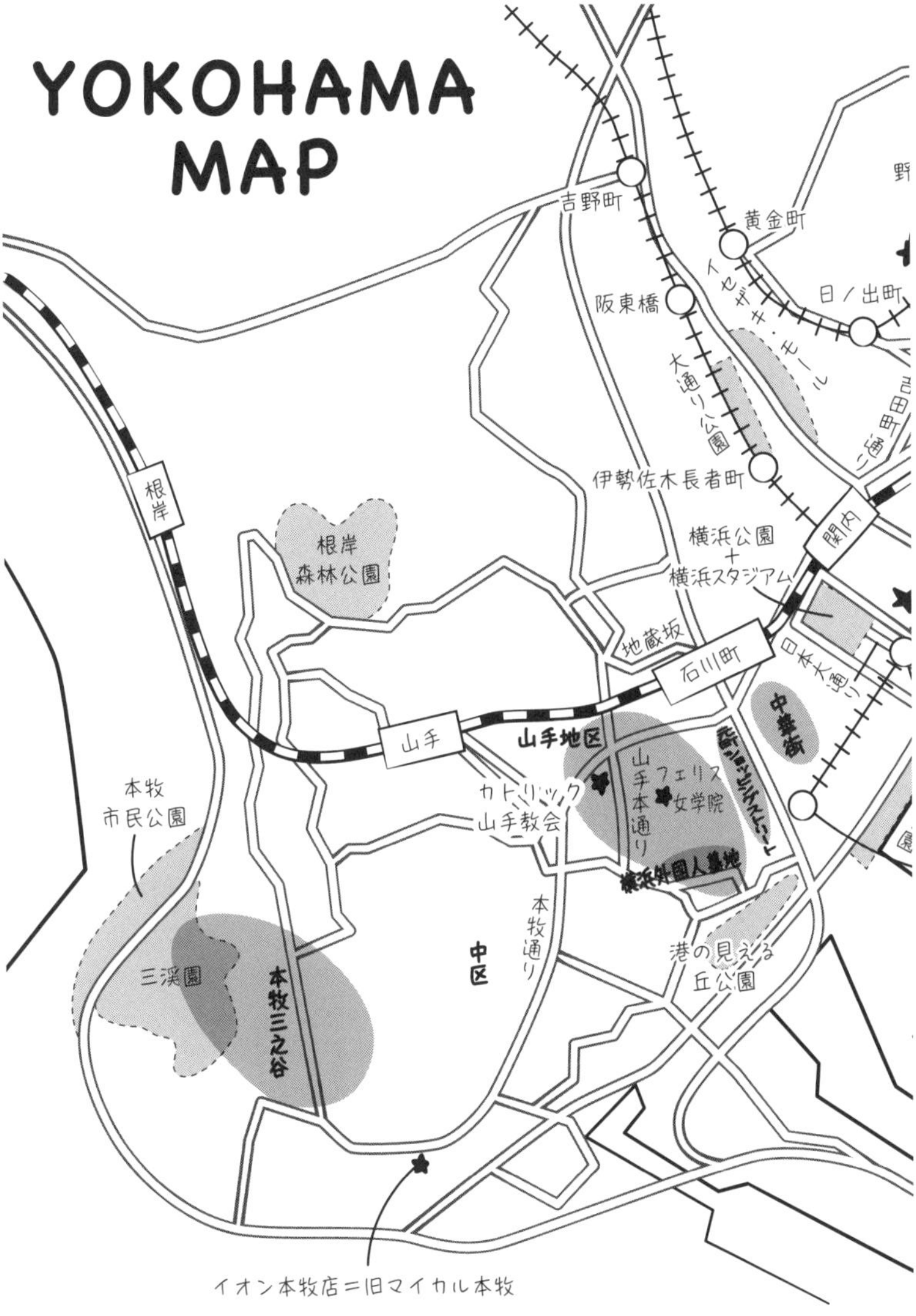
吉野町
黄金町
阪東橋
日ノ出町
イセザキ・モール
大通り公園
吉田町通り
伊勢佐木長者町
関内
横浜公園
＋
横浜スタジアム
日本大通り
地蔵坂
石川町
中華街
根岸
根岸森林公園
山手
山手地区
元町ショッピングストリート
カトリック山手教会
山手本通り
フェリス女学院
横浜外国人墓地
港の見える丘公園
本牧通り
中区
本牧市民公園
三渓園
本牧三之谷
イオン本牧店＝旧マイカル本牧

プロローグ——ある老人の死

年の瀬も押し迫った冬の夕暮れ。病室のベッドの上に、ひとりの男が横たわっていた。永田金蔵《ながたきんぞう》、七二歳。大柄で浅黒いその背格好は、元気な状態であればさぞや精力的なのだろうと思わせるが、強大な病魔を前にしてはもはやなすすべもなかった。体中にさまざまな管がつながれ、口には酸素吸入のマスクが装着されている。静まり返った病室に、浅い呼吸がただただ響いていた。

(お願いだから、頑張って)

男の手をずっと握りしめている女が、何度目かの祈りをまた心の中で呟いた。金蔵の妻、君子《きみこ》である。夫が危篤状態となってすでに三日ほどが経ったが、その間彼女はほぼ眠らずに、この病室で夫の手を握って声をかけ続けていた。金蔵とは対照的に小柄で細身の体型だが、六六歳という歳での連日連夜の看病は相当身に堪えているようでさらに痩せ細り、今にも倒れそうなほど疲弊しているのは明らかだった。

(この人は、もうだめなのかもしれない)

幾度もよぎるその思いが頭に浮かぶたび、君子はふと我に返って必死に打ち消した。

(まだ死んでほしくない。今、この人が死ぬなんて、考えられない)

他人から見れば「七二歳」というのは立派な老人で、いつ死んでもおかしくない年齢かもしれない。だが金蔵は結婚以来、これまで病気知らずで働いてきた、非常にパワフルな人物だった。そんな金蔵が突然の心筋梗塞に倒れていきなり危篤になったというのだから、君子のショックはとても大きく、目の前の現実を受け入れることなど到底できそうになかった。

(私ひとりでは、なにもできない。まだなにも準備できていない。その覚悟もない……)

君子の脳裏に、夫との思い出が次々と浮かんでは消えていく。初めて会った日の夫は、ハンカチで額の汗を拭きながら、ちらっとこちらを見て照れ臭そうに微笑んでいた。最初の子どもが生まれたときは、ぎこちない手でおずおずと抱き上げていた。次女のピアノの発表会で、周囲がびっくりするくらい大きな音をたてて、思い切り拍手をしていた。市のコンクールで入賞したという長男の絵を見ながら、「お前は絵描きになれるな」と満面の笑みで、彼の頭をくしゃっと撫でていた……。

あのころは、たしかに笑顔があった。幸せだった。なのにいつからだろう、自分たち家族がだんだんぎくしゃくしていって、こんなにも深い溝が生まれてしまったのは──。

知らぬ間にうとうとしていた彼女は、自分の手になにかを感じてはっとした。夫の手が動いた気がしたのだ。君子は瞬間的に、自分の手の中にある夫の手を凝視した。夫の指は、小さく小さく動いていた。

(指が動いている!　……これは……夢?)

君子は急いで夫の顔を覗き込んだ。それまでずっと閉じていた彼の目はかっと見開かれ、病室の天井をじっと凝視していた。

「あなた!」

君子は必死に呼びかけた。唇が小刻みに動いている。

「聞こえない、聞こえないわ」

ひくひくと動きつづける金蔵の口からは、ただ息が漏れるだけだった。

「なに⁉　なんと言っているの！　なにが言いたいの⁉」

彼女は思わず酸素吸入のマスクをずらし、右の耳を夫の口に押し付けた。

「お母さん、なにしてるのよ⁉」

病室に入ってきた女性が鋭く叫んだ。

「お父さんが、お父さんがなにか言ってる！」

「先生を呼ばなきゃ！　早くナースコール！」

娘と思しき女は母親を押し退けるようにしてベッドのそばのナースコールを摑み、強く押し続けた。

君子には、看護師につながるまでの時間が永遠のように感じられた。

「どうされました？」との応答に、娘が叫ぶ。

「父が目を覚ましました！　でも様子が変なんです、すぐに来てください！」

金蔵の指はまだ動いている。

「あなた、先生が来るから、そうしたら大丈夫だから！　お願いだから目を閉じないで！」

君子は必死に呼び続ける。しかし無情にも、彼のまぶたはゆっくり閉じつつあった。君子は本能的に悟った。次に夫が目を閉じたら、その目を開けることはもう二度とないだろうことを。これが夫と言葉を交わす、最後のチャンスなのだということを。君子はふと、自分がどこか遠くから、「第三者」としてこの一幕を眺めているような気がした。遠くからバタバタと足音が聞こえてくる。きっと、この部屋に向かう医師や看護師だろう。けれどおそらく、彼らが来るまでに、夫の目は永遠に閉じてしまうのだろう。頭の中で冷静にそう考える自分を感じながらも、彼女の心はあきらめきれなかった。

「お願い、もうすこしだから頑張って！　だって私たち……」

「永田さん！」

到着した医師や看護師の一団が男を取り囲んだ。しかし彼の目はすでに重く閉ざされ、いつのまにか手の動きもすっかり止んで、再び動くことはなかった。

目次

第一章　関内の来客

何度目かの汽笛が聞こえ、浜野《はまの》マリはハッと目を覚ました。

（いけない！　また寝ちゃうところだった）

誰かに見られていないかと辺りを見回したが、オフィスにはマリしかいなかった。営業の関谷《せきや》は外回り、パートの内田《うちだ》は休みで、社長の横井《よこい》は出張中である。だからこその弛緩した空気が、眠気を誘ったのだろうが、だからといって眠るわけにはいかない。時計を見ると午後二時を少し過ぎていた。昼食後、眠気のピークの時間だ。二月も半ばとなり、すこしずつ暖かくなってきたとはいえ、外はまだ冷える時季である。ほどよく暖房の効いたオフィス内の空気はとても心地よく、気を抜けばまぶたを閉じてしまいそうになってしまう。マリは必死で目をしばたかせ、睡魔を追い払おうとした。

（やっと見つけた仕事なんだから、居眠りなんかでクビになったら笑えないわ）

彼女がこの事務所に勤めはじめて、ようやく二ヶ月が経とうとしている。マリを含めて社員数はたった四人という横浜ポートシティ不動産株式会社は、関内にあった。このエリアはみなとみらい21地区にも隣接し、東に五分ほど歩けば横浜ＤｅＮＡベイスターズの本拠地である横浜スタジアムが、北に一〇分ほど歩けば有名な山下公園があり、常に観光客で賑わっている。事務所の最寄り駅はみなとみらい線の日本大通り駅で、神奈川県庁、横浜税関、横浜開港資料館からなる、異国情緒のある開港のシンボルといわれる横浜三塔の建物がでんと構え、人の行き交う活気のあるエリアだ。しかし、マリがこの街にやって来てまず驚いたのは、海が近いことである。「海なし県」である栃木出身のマリは、「ボーッ」と唐突に鳴る汽笛の音にも風向きによって強く感じる潮の匂いにも、まだ慣れそうになかった。

二三歳の浜野マリは、横浜ポートシティ不動産に入社する前は、都内の小さな印刷会社で事務員として働いていた。新卒時の就職活動で面接に落ちつづけた挙句の採用だったが、その印刷会社が入社後二ヶ月で倒産したのである。社長から「明日から出社しなくていい。追って連絡するから」と言われたときの絶望たるやすさまじく、彼女はその場面をときおり夢に見てはうなされた。

(仕事がないってつらい。収入がないって怖い)

少ない貯金で食い繋いでいた三ヶ月間は、非常に心許ない日々を送った。この間、マリは片っ端から転職サイトに登録してはエントリーし、ハローワークに通い詰めて求人情報を漁り続けた。この横浜ポートシティ不動産を紹介されたのは、失業手当が切れる寸前のことだった。

不動産についての知識はなにも持ちあわせていなかったマリだったが、すでに何社も書類選考に落ちていて、藁《わら》にもすがる気持ちで面接を受けた。そして正社員として採用されたのである。マリの出身大学は、ランクでいえば中の下といったレベルで、持っている資格といえば中学生のころに受けた英検三級くらいである。そんな自分を喜んで採用してくれる企業なんて存在しないであろうことは、重々理解していた。だから面接の翌日に、「来週から出社できますか?」と電話がきたときには、心底驚いたものである。「なぜ自分なんかが?」と訝《いぶか》しく思う気持ちもないではなかったが、マリは素直に喜んだ。

(なんでもいいや、とにかく仕事があれば生きていける！)
関内なら、大学時代から住んでいる菊名のアパートからもそう遠くない。引っ越しせずにいられるというのもとてもありがたかった。こうしてマリの新しい生活が始まったのである。

マリを採用した社長は横井正《よこいただし》といって、初対面の印象は「中肉中背、これという特徴はなく、どこにでもいる眼鏡をかけたオジサン」という感じだった。後になって年齢が五七歳と知るが、見かけはもう少し若く見えた。上から目線でもなく淡々と話す横井を見て、マリは「この社長ならパワハラはなさそう」と、好感を持ったのを覚えている。しかし実際に入社してみると、横井という男は「特徴だらけ」と言っていいほどユニークな人物であった。

入社したマリがまず驚いたのが、彼が無類のゴルフ好きという点である。横井のデスクの脇には常にゴルフバッグが置かれていて、仕事が一段落するとおもむろにクラブを一本取り出し、椅子に座っていそいそと手入れを始める。来客のない午後などは、一本また一本と、次から次へとゴルフクラブを入念に磨く。そしてデスクの横にはパターマットが広げたままなのだ。横井のパッティングの練習は午後一番と決まっていて、まずは一ヤードの短い距離を丁寧にパットする。次に二ヤードのアプローチ。こちらも決して強く打つことはしない。これが彼の日課だった。

もちろん、まったく仕事をしていないというわけではない。彼は毎朝誰よりも早く事務所に出勤し、マリが定時の九時半に出社するころにはパソコンの前に座ってひっきりなしにキーボードを叩き続けている。一〇時ころに営業担当の男性社員である関谷光希《せきやこうき》が出社すると、間髪を容れずに打ち合わせを始める。打ち合わせは、まず関谷が状況報告を行い、今後どのように対応しようと考えているかを横井に説明する。それに対して横井はいくつか質問をしながら、必要な指示を出していくというスタイルが多いようだった。細い黒縁の眼鏡の奥に見える横井の目が鋭くなり、ゴルフクラブを磨いたり、パットを外したときなどの無防備な雰囲気とは、まるで別人である。気軽に話しかけられない隙のなさがあり、マリはときどき怖さすら感じることがあった。

関谷との打ち合わせが終わると、横井はまたデスクワークに戻る。関谷や内田が放り込んだ「未決」のトレイに入った資料が、次から次へと「既決」のトレイに移っていく。昼になると「既決」のトレイを指差し、「これ、あとでファイリングしておいてくれ」とマリに言い置いて食事に出る。そして戻ってくると、いそいそとパターマットにボールをセットし、「食後の運動だ」と言わんばかりにパッティングの練習に勤しむのだった。

この会社に入ってもうひとつマリが驚いたのが、オフィスに入ってすぐの部屋に設らえられた立派なバーカウンターである。この横浜ポートシティ不動産は雑居ビルの三階にあったが、入口を入るとすぐに応接室があり、その奥にオフィススペースというつくりになっている。オフィススペースは、中央に事務机、壁際に書棚とプリンターやシュレッダーが並び、いかにも事務所然としたつくりだが、応接室のほうは「事務所」というには似つかわしくない雰囲気の空間であった。大きく開口したドア際に、八人は座れるであろう大きなテーブルが置かれている。来客の接待や会議、打ち合わせはここで行われ、マリもこのテーブルで面接を受けた。

問題のバーカウンターは、応接室の大きく開いたドアの向かい側の壁にあった。黒いモールテックス仕上げで、カウンターの上の吊り棚にはウイスキーのボトルがずらりと並び、カウンターの裏のワインクーラーにも何本もワインが冷やされている。間接照明がムーディで、夜になればさながらおしゃれなバーといった様相で、異色の存在感を醸し出していた。午後五時前後には、横井はデスクからこのバーカウンターに席を移し、自分で注いだバーボンウィスキーをちびちびと飲み始める。マリは今ではこの光景にすっかり慣れてしまったが、仕事場で酒を飲む彼の姿を初めて見たときには目を見張った。

（この会社、大丈夫なの？）

このバーカウンターが設置されたスペースは、社員の休憩所としても活用されている。マリは入社してしばらくたったあと、経理担当のパート社員である内田芳江《うちだよしえ》と応接室のテーブルで一緒にお昼を食べているとき、なぜこんなスペースがつくられたのかを聞いてみた。

「ああ、バーカウンターのこと？　そうね、みんな驚くわ」

芳江は五三歳で、この横浜ポートシティ不動産の経理をすべて引き受けている。パートタイマーで週二、三日の勤務だが、明るくおしゃべり好きな性格で、出社日にはマリとランチをとるのが習慣になっていた。

「あのカウンター、結構いろんなお酒が並んでいて、本格的ですよね。っていうか、変わってますよね。社長の趣味でつくったんですか？」

「これはね、一種のモデルルームなんですって」

「モデルルーム？」

「うちの社長、住宅メーカーに勤めていたことがあって、中古の物件、たとえばマンションとかアパートを売るときのリノベーションも積極的に提案してるの。それで、このスペースも『殺風景な事務所がこんな空間にもなりますよ』っていう、実例の一つとして作ったのよ。それでこだわってリノベーションしてたら、格好いいバーみたいになっちゃったのよね」

内田にそう言われて、マリは応接室をあらためてぐるりと見渡した。レンガづくりの壁に沿って液晶ディスプレイやオーディオ機器が並び、その正面の壁には木目調の棚板が打ち付けられ、たくさんの書籍が並べられている。背表紙を見ると、不動産関連の書籍の他、相続や経営、税金に関する書籍もちらほら見られた。

「そういえば、この壁も本物のレンガみたいで、普通の会社っぽくない感じですよね」

「ブリックタイルっていって、ニューヨークのブルックリンのイメージなんだって」

「え、ニューヨークなんですか？　横浜だから、私はてっきり赤レンガ倉庫のイメージかと……。面接で来たとき、いきなりこの応接室で、ちょっと戸惑いました」

「入口を入ってすぐが応接室というのは変わっているかもしれないけど、来客をオフィススペースに通さずに済むから、オフィススペースのセキュリティーは高いわよ」

「たしかに、宅配業者とか飛び込みの営業とかがオフィススペースに出入りするのは、ちょっとリスキーかもしれませんね」

実際に、応接室の奥にあるオフィススペースの壁沿いにはぐるりと書類棚が設置され、すべて鍵付きである。

「社長、あれでやり手だからね。結構ちゃんと考えているわけよ。アメリカの不動産とかも扱ってるし、書類の管理にはかなり厳しいんだから」

「アメリカですか？　地域密着型の不動産会社なのに？」

不思議に思いながらも、マリには思い当たることがあった。ファイリングする文書の中に、ときおり英語の書類が含まれているのだ。

「社長の守備範囲は広いのよ。それでも、ちゃんと地域密着型の会社なんだから。ほら、うちっていろんなお客さんがくるでしょ」

たしかに、特に午後は来客が多く、その客層は実にさまざまだった。横井と同年齢と見えるおじさんが来ることもあれば、腰の曲がったおばあさんがやってくることもあり、小さな子どもを連れた若い奥さんが来ることもあった。そのたびに横井は、彼らをバーカウンターのある応接室に通し、何時間でも話し込んでいた。

(どんな話をしているのかしら？　不動産の売買とか？　だけど、物件を売り込んでいるようには見えないし、ただの世間話を延々としているとも思えないし……)

さらに、部屋を出てくる彼らはみな決まって晴れやかな顔をしていて、そこがまた不思議だった。

「マリちゃん、コーヒー飲むよね？」

「あ、はい、ありがとうございます」

芳江は立ち上がってバーカウンターのコーヒーメーカーのスイッチを入れた。コーヒーのよい香りが充満する。

「まあ、お客さんのだいたいがこの地域に長く住んでいる人たちで、うちの社長と長く付き合っている人が多いんだけどね。このバーカウンターをつくったのは、リノベの提案というだけじゃなく、そういう人たちをもてなしたいという気持ちがあったからかもね。みんながみんなお酒を飲むわけじゃないけど、お茶を出すにしても、殺風景な会議室よりいいじゃない」

二つのカップを持って戻ってきた芳江はそう言うと、ニッコリ笑ってコーヒーをすすった。

「芳江さん、私前から聞きたかったんですけど、社長って出張が多いですよね。不動産会社の社長って、そんなに出張するものなんですか？」

「あれはね、講演会のお声がかかるのよ。セミナーとか。まあ、必ずセットでゴルフもあるけどね」

芳江は弁当箱を片づけながら、にやっと笑った。

「接待ゴルフですか？」

（まあ、あそこまでゴルフに傾倒しているんだから、接待でもなんでも楽しめるだろうけど……）

マリは内心呆れながら、カップインしたボールを嬉々として取り出す横井の顔を思い浮かべた。

「接待というかね、社長にとってはゴルフも仕事のうちなんだって。ゴルフには、人間性が出るんですってよ」

ゴルフをやったことがないマリには、内田の言葉がまったく理解できなかった。

「それって、仕事と関係あります？」

「一緒にゴルフをやると、その人が誠実な人か、ずるい人かがわかるっていうの。たとえばＯＢ……って、知ってる？」

「すみません、わからないです」

「えーとね、ボールがコースを外れてどこにあるか、わからなくなっちゃうことなのね。ＯＢだと二打追加されちゃうのがルールなんだけど、ずるい人は、ポケットから自分で持ってきたボールをこっそり出して地面に落として、『ここにあった！』って言うらしいのよ」

どこの世界にも、小狡《ずる》い人っているんだな……。マリは妙に感心してしまった。

「たまにあることらしいのよ。すぐバレるんだけどね。で、社長はそういうズルをする人とは距離を置いて、なにか相談されても口実作って断ったり、深入りしないよう気をつけたりするんですって」

「ズルをする人は信用できないから？」

「うん。正直に、率直に情報を出してもらわないと、いいお仕事はできないでしょ。不動産は動くお金が大きいから、誤った情報で判断を間違えると、とんでもない結果になることがあるのよ。だから、お互いに信頼できるかがとても重要なのね。社長は仕事上の関係者とゴルフに行くことも多いんだけど、ゴルフをいっしょにプレーして、相手の本質を見極めているみたいね」

「ふうん、いろいろ考えてゴルフをやってるんですね」

そのときのマリはその程度の感想しか返せなかったが、横井がただのゴルフ好きでは終わらない思想の持ち主だということだけは、よくわかった。

入社したマリに与えられた仕事は、電話番と掃除、書類のファイリングや整理などの雑用だった。

（専門知識がない前提で採用されたんだから雑用は当然だけど、どう考えても戦力になれないような気がする。あと試用期間が切れてクビになったらどうしよう……）

前職で「明日から出社しなくていい」と言われたときの衝撃が思い起こされ、胸がギュン！　と摑まれたように痛くなる。のんびりとした汽笛が遠くでまた響いた。マリは誰もいない事務所をなんとなく不安な気持ちで見渡し、思わずため息をついた。

＊

その日も、横井はいつもどおりデスクの脇でパッティングの練習をしていた。金曜日なので経理の芳江は休みだ。営業の関谷は相変わらず朝からずっと外回りで、事務所にはマリと横井のふたりだけである。だんだん事務所の雰囲気に慣れてきたマリが、今日何度目かのあくびをしようと大きく口を開きかけたとき、オフィスのドアが静かに開く音がした。

「いらっしゃいませ！」

マリはあくびを慌てて嚙み殺して入口に向かい、元気いっぱいに応対した。眠気を覚ますには、声を出したり動いたりするのが一番だ。そこには、グレーのツイードのツーピースを着た上品そうな老婦人が立っている。老婦人はおそるおそるといったていで、マリに薄い冊子を差し出した。

「あの、これを見てきたんですが……」

それは、この関内エリアで配布されている無料タウン情報紙「タウンニュース」だった。マリは指し示されたページを覗き込んで驚いた。

「あ、うちの社長が出てる！」

そこに載っていたのは、横井が連載しているコラム『相続・不動産相談室』である。

（へー、うちの社長、こんなことやってたんだ）

マリはつくづく、自分が横井のことをまったく知らないことを痛感した。老婦人がおずおずと続けた。

「ここに書いてあるのが、私の悩みに近くて……。それでもしかしたら、すこしだけでも相談に乗っていただけないかと思いまして……」

彼女が指さした先には、『こんなお悩みありませんか？』という項目があった。

「えーと、『兄弟姉妹と共有不動産がある』『遺産分割協議がすすまない』……」

マリがその項目を読み上げていくと、奥のオフィススペースから横井が現れた。

「浜野くん、お客さまなら呼んでくれないとだめじゃないか。いらっしゃい、代表の横井です」

「突然すみません。わたくし永田君子と申しまして、永田金蔵の……」

「ああ、金蔵さんの奥さんですか」

その言葉を聞くや否や、君子はそれまでの消え入りそうな風情から一転して、身を乗り出して叫ぶように言った。

「うちの主人をご存じですか？」

「そりゃあ永田金蔵さんといえば、この辺りでは大地主さんの一人でしょう。私も一応不動産業をやっていますしね。そもそも、この界隈じゃ永田家を知らない人はいないんじゃないですか」

「はあ……」

君子は見るからに落胆したようだった。

「今日はどのような？」

「相続のことでちょっと……。去年の暮れに主人が亡くなりまして」

「それは……。ご愁傷様です」

横井は君子に対し、静かに頭を下げた。

「では、こちらへどうぞ。浜野くん、コーヒーお願い」

「あ、はーい！」


君子は窓を背に腰掛けた。目の前はバーカウンターである。カウンター上のコーヒーメーカーでコーヒーを淹《い》れているマリには、君子が目を丸くしているのがわかった。

「金蔵さん、亡くなったんですね」

横井の言葉に、君子はうつむいてしまった。

「はい。一二月に突然心筋梗塞で倒れて、三日後に死にました」

この奥さんは、数ヶ月前の悲痛な出来事に、まだ心の整理が追いついていないのだろう。彼氏もいないマリには長年連れ添った夫が亡くなったという悲しみはとうてい想像できなかったが、今にも消えそうな君子に心から同情を覚えた。君子が小さな声で続けた。

「夫が亡くなって、財産のこととかがあって、いつも頼んでいる税理士さんが目録を作ってくださったんです。それをどう相続するかということなんですが、土地が、それも借地が多いとのことで……」

「借地問題は相続に限らず、いろいろな点でネックになることはたしかですね。お子さんは……」

「三人です。娘がふたりと息子がひとり。長女が四〇歳、次女が三五歳。一番下が息子で、三二歳になります」

「金蔵さんは、遺言を残さなかったんですか？」

「ええ、夫の書斎を探しましたけれど、そういうものは残さなかったようです。夫は事業やお金のことをいっさい私に話しませんでしたし。それにとにかく突然倒れたので、夫がどうするつもりだったのか、なにも聞いていなくて。それに、まだ七二歳でしたから、死ぬには早すぎて……」

君子がまたうつむいてしまったのを見て、横井が慌てたように続けた。

「それでは、遺産分割協議をするんでしょうか？」

「はい、そうなると思います。夫には双子の姉がいるんですが、この人たちが『遺産分割について、一度話し合いたい』と言って聞かないんです。あの、恥ずかしながら、私は遺産分割協議というものもよくわからなくて……。関係者が集まって、その場で遺産の分け方を決めなくてはならないんでしょうか。すみません、不勉強で……」

ちょうど君子の前にコーヒーを置こうとしていたマリは、思わず口を挟んでしまった。

「でも、亡くなった方のお姉さんって、相続をする権利があるんでしたっけ？」

君子がびっくりしたようにマリを見つめたが、それ以上に驚いたのは横井である。

「おいおい浜野くん、失礼だよ、いきなり」

「あ、すみません。でもおかしいじゃないですか。遺産って、奥さまや子どもさんに分けられるものなのかと思ってましたけど……」

君子は弱々しく微笑んだ。

「本当に、そうなんですよ。私どもの税理士さんもそうおっしゃるんです。でも、お義姉さんたちは『弟は、私たちに遺産を遺すって言っていた』って言うので」

（そんなの、わからないじゃない）

マリは心の中で憤慨した。突然死んだ大地主の老人。関係の遠い親族たちが、この気弱そうな奥さんを差し置いて、莫大な遺産を狙っているに違いない。サスペンスドラマや昼ドラが大好きなマリは、内心ワクワクしながら耳をそばだてた。横井が言った。

「お話を聞くかぎりでは、この浜野の言う通り、お義姉さんたちに相続権はないですよ」

「でも、あの人たちは簡単にあきらめるタイプじゃないんです。『遺産分割協議で相続人が合意すれば、自分たちにも権利はある』と言って……」

「断ればいいじゃないですか」

「おい、浜野くん」

横井がマリをじろりと睨む。君子はまた自分の膝をじっと見つめて、消え入るような声で言った。

「恥ずかしい話、ちゃんと断れる自信がなくて……」

マリは声を張り上げた。

「そんなゴリ押しがまかり通っていいはずないですよ。おかしいことはおかしいって言わないと！　ね、社長」

「君、頼むからちょっと黙ってくれよ。本当にすみませんね、永田さん」

「いえ、このお嬢さんが味方になってくれて、すごく励まされます。……あの、これは家族の話ですのでここだけに留めておいていただきたいのですが、この際、全部聞いていただけませんでしょうか」

君子の顔は、心なしかすこし明るくなったようだった。

「私、永田家が大きい地主の家だということはもちろんわかっていて嫁いだのですけれど、主人は『お前には苦労をかけない』と言って、お金のことは全部自分でやりくりしていました。それで私は、お金のことはほとんどなにも知らずにこれまでやってきたんです」

「え、それじゃあ生活費のやりくりとかも、ご主人だったんですか？」

マリは驚いて尋ねた。失業を経験したマリは、お金の大切さは身にしみてわかっている。これまでそんなお金の心配なしに生きてきたなんて。お金持ちっていいなぁ。横井があきらめたようにため息をつくのが見えたが、マリも別の意味でため息をついた。

「毎月一日に、夫がその月の生活費を手渡してくれるんです。そこから食費を出したり、足りないものを買ったりするのが私の仕事です。お金が余ったら夫に返して、子どもの入学式とかお稽古ごとの発表会でお金が足りなくなったときは、夫に言えばたいていは出してくれました。光熱費は夫が自分で振り込んでいましたから、夫が死んでどのくらいの額がかかっていたのかも、初めて知った次第です」

（このご時世に、すごい旦那さんだわ。箱入り娘ならぬ、箱入り奥さまなのね）

マリは呆気にとられた。昭和のお金持ちの奥さんというのは、みんなこうだったのだろうか。

「夫は私より六歳も年上ですし、本当に頼りきっていました。だから今回、権利書だの通帳だのいろいろ出てきましたが、見たのは初めてで。初美《はつみ》から、これは長女ですが、『他にないの？』と言われても、なにもわからなかったんです。税理士さんは、『とにかく一〇ヶ月以内に相続税を払わなければ』『ここまで大きな資産ですから、相当な税金がかかる、売れるものは早く売らないと』って言うんですよ。夫も亡くなって、私が土地の管理をする自信なんてありませんから、『売っていいです』と伝えました。でも、お義姉さんたちはすごく嫌な顔をするんです。『永田家の土地なんだから永田家に返すのが筋だ、嫁の立場で勝手なことをするな』って。それに、税理士さんに聞いたんですが、夫の持っている借地は、すぐに売れない可能性が高い、と。それでも相続税は納めなければならないし、もしかしたら、今住んでいるところを売らないといけないんじゃないかとか、私、もう不安で不安で……」

君子は堰《せき》を切ったように一気に話し終えるとぐっと詰まり、その目には涙が光っている。マリはそれを見てたまらない気持ちになった。

「社長、力になってあげてくださいよ！」

「だからさ、君は黙っていてくれよ」

横井は半ばあきらめたようにマリに言ったが、君子に向き合い、力強く答えた。

「できるかぎり、相談に乗りましょう」

「……ありがとうございます。私、今日ここに来てよかったです。家族の話ですから、誰にも相談できなくて……。あの、今さらですみませんが、横井さんは不動産がご専門かと存じますが、相続のこともお詳しいのでしょうか」

「おっしゃる通り、私の専門は不動産です。もともと住宅メーカーの出身ですが、二〇年ほど前に不動産業で独立しました。建築と不動産がわかるコンサル会社を目指していたわけですが、不動産の相談に乗っていると、多くの方が相続の問題を抱えることに気づいたんです。例えば、親の土地を引き継ぐときに、お子さんの世代に多くの税金が発生したり、問題のある不動産がたくさんあって売るに売れず、現金化できなくて困ったり……。ですから不動産をお持ちの方々は、早いうちから相続のことを必ず考えておく必要があると思うんですよ。そのような気持ちで仕事をしていたら、自然と地主の方々の相続のお手伝いをするようになり、不動産と相続に関する問題解決コンサルが中心的な業務になったのです」

傍で聞いているマリは、今さらながら、この会社のことがすこしわかったような気がした。

「ただ、ここでちゃんとお話ししておきたいのですが、私は弁護士や税理士、司法書士などとは違うということは、覚えておいていただきたいと思います」

「どういうことでしょうか？」

君子は首を傾げた。

「弁護士の役割は、依頼人の弁護をすること、つまり依頼人の利益のために働きます。また、弁護士を自分の代理人に立てると、依頼人本人は協議の場に出なくなるのが一般的です。相続の過程で兄弟姉妹が大ゲンカして、『もうお互いの顔も見たくない』くらいの関係になっていたら、弁護士を雇うといいでしょうね。私は、弁護士資格はないので代理人にはなれません。でも、逆に誰か特定の人の利益のために動くのではなく、ご家族が円満に話し合いができるように導きたいと思ってこの仕事をしています。相続人のみなさんを俯瞰し、被相続人、つまり亡くなった方の遺志はどうだったのかを想像しながら、助言をしていきます。税理士は、税金のいろいろなことを行うのが仕事です。私も高いレベルで相続税のことを理解しているつもりですが、税金のことは税理士が行う専門業務です。ただ、税理士は税金の計算や申告はしますが、相続の協議をまとめることはしません。そして司法書士は、決まった内容の通りに登記をするのが仕事で、協議のまとめには関わりません。このように、弁護士も税理士も司法書士も、それぞれ専門領域には詳しいですが、横断的にすべてに通じているわけではないのです。私は弁護士の業務、税理士の業務はできないものの、それらの分野の知識があり、なにより不動産や建築に関する知識と経験はどの仕事より多いわけなので、不動産が絡む相続の問題解決には強くなるのです。それで、私のような不動産コンサルタント・相続アドバイザーがコーディネートすることを求められる方がいらっしゃるということです」

「そういえば、主人は生前、相続のときに、弁護士を頼もうとしたことがありました」

「それは、お父さまのときの遺産相続ですか？」

「はい。一九九八年、夫の実父が亡くなったんです」

「たしか永田さんの御本家というのは、三溪園《さんけいえん》の近くでしたよね」

「はい、三之谷にあります」

「サンケイエン？」

マリが首を捻《ひね》った。

「三溪園というのはね、一〇〇年くらい前に実業家で茶人の原三溪がつくった日本庭園なんです。あなた、行ったことがないなら一度行ってみるといいですよ。紅葉の季節は、それはそれは素晴らしいですから」

「もともとはいち個人の所有物だったのに、今では国の名勝に指定されていて、広大な庭園内には京都から移築されたという三重塔なんかもあるんだ。君子さんの言う通り、せっかく横浜に勤めているんだから、絶対に行ったほうがいいね」

そう言って、横井は君子に向き直った。

「たしかに三溪園の周辺には、大きな邸宅が多いですよね。あのひとつが永田邸というわけですか」

「へぇ。君子さんは、そんなに大きなお宅に住んでいるんですか？」

「私はそこには住んでいないんですよ。私だけじゃなくて、主人も子どもたちも」

「え？」

「本家には今、双子の義姉たちが住んでいます。ご相談したいのもまさにそのことなんです。主人の父が亡くなったとき、義姉たちは、『お母さんが亡くなってからお父さんの面倒を見てきたのは私たちだ。結婚もしないでずっとこの家に住んできた私たちと違って、金蔵は結婚して別の家に住んだ。だからこの永田家の本家であるこの家は、私たちにこそ引き継がれるべきだ』と主張しているんです。でも、生前夫が話していたことがあるのですが、私と結婚するにあたって義父は、『お前は長男でゆくゆくは本家を継ぐ身だが、今は小姑の姉二人も本家に住んでいるし、繊細な君子さんは肩身が狭くて耐えられないだろう。だからこの家を出て暮らしたほうがいい。ただ、ゆくゆくはこの本家の土地はお前が引き継げ』と言って、私たちに立派な新居を建ててくれたようです」

「え、その双子のお義姉さんって、独身なんですか？　それで大きな屋敷にふたりで暮らしているってこと？」

マリはなんとなくぞっとした。金蔵が七二歳だったというから、双子の老婆が大邸宅に暮らしているということか。非現実的で、横溝正史の世界のようなおどろおどろしさを感じる。

「ええ、そうなんです。義姉たちはずっと独身で、双子のせいかとても仲がよくて、一度も結婚せずにこれまでやってきています」

「金蔵さんのお父さんの相続のときに、問題になったというのは？」

「義父は遺言書をつくっていなかったので、夫が『この土地は姉さんではなく自分が引き継ぐ約束をした、だから長男である自分が引き継ぐ』と言っても、水掛け論になってしまいました。お義姉さんたちは弁護士を立てて、裁判ではっきりさせようと意気込んでいました。すると私たちがずっとお願いしている税理士の先生が、『永田さんほどの土地の名士が、相続で裁判沙汰になったら、大変な不名誉ですよ。他の土地は相続できるのだから、ここはお姉さんたちに合意したほうが賢明です』と言ってきて、夫がそれをのむことになりました。それに、夫は高校生のときに母親を亡くしていて、四つ上のお姉さんたちには世話をかけたという気持ちがあって、お義姉さんたちにあまり強くものが言えないところもあるんです。それに、独身の姉ふたりを住み慣れた家から追い出すというのも、気持ちがよくないものですし。結局、本家の家屋の名義はふたりの姉にしましたが、せめてもの抵抗として土地の権利は三等分し、三分の一は自分の名義にしたんです」

「なるほど。すると今回、そのお義姉さんたちは、自分たちが住んでいるということもあって、金蔵さん名義の実家の三分の一の土地が、自分たちのものになるはずだと、そう金蔵さんから言われているとおっしゃっているんですね」

「はい、きっとそうだと思います」

「まあ、気持ちはわからないでもないですが、今回は金蔵さんの財産ですから、さっき浜野の言った通り、お義姉さん方には相続の権利はありません。それこそ、遺言に書いてあればまた別の話ですが。金蔵さんは、遺言をどこかに預けていたとか、そういうのもないですかね」

「税理士さんも、知らないといっています」

「そうですか。で、奥さんとしては、どうしたいと思っていらっしゃいますか？」

「私ですか？　私は……」

君子はすこし考え込むと口を開いた。

「私は、夫の望んだ通りにしてあげたい、と思います。ただ、あの人がなにを望んでいたのか、それがわからないんです。こうなると、夫が生きているうちに、いろいろなことを話し合っておけばよかった。夫は本当に、お金や土地のこと、不動産の事業のことは私になにも話しませんでしたから。できれば今すぐ、夫の気持ちを知りたいです。夫が義姉のことをどう考えていて、永田家の土地をどうするつもりだったのか、それに私たちの子どもに対する気持ちも、子どもたちに資産をどう残すつもりだったのかも、本当に、もっと話し合っておけばよかった……」

（七二歳じゃ、まだ死ぬには早いわよね）

マリは自分の祖父母のことを思い浮かべた。マリの両親はもうすぐ五〇歳になるが、祖父母は七〇代後半だったはずである。正確な年齢は忘れたが、おそらく金蔵よりも年上だろう。しかし父方の祖父母も母方の祖父母もピンピンしている。

「ご主人は、本当に突然のことだったのですね。心筋梗塞だったんですか」

「血圧は高かったけれど、この年ですから当たり前ですし、定期的に健康診断も受けていて、そこまで悪いところはなかったんです。お医者さんの話ですと、高血圧のせいで動脈硬化を起こして血栓が飛び、それが運の悪いことに心臓の重要なところに詰まったとのことで、救急車がもっと早く到着して処置をしていれば、違った結果だっただろうと言われました。夜寝ていたら急に引きつけを起こして、家にいた初美が心臓マッサージをしたりしたのですが、どんどん顔が青く、体が硬くなっていって……」

当時のことを思い出したのだろう、君子の体がわなわなと震えた。君子があまりに頼りなくかわいそうに見えて、マリは声を張り上げた。

「社長、なんとかしてくださいよ！　助けてあげたいじゃないですか！」

「遺言があればなあ……」

横井がボソリと呟いた。そこに携帯の着信音がけたたましく響いた。

「あ、すみません。あら、初美だわ」

「どうぞ出てください」

横井が君子に勧めると、君子はその場を立って部屋の隅に行き、小声で話しはじめた。

「あの奥さん、かわいそうですね」

「本当にな。……あとさ、君ね、ちょっと口出しすぎだよ」

「そうですか？」

マリが平然と答えると、横井は開いた口が塞がらないといった様子で首を振った。そこへ電話を終えた君子がふらふらと戻ってきた。

「あの、長女の初美からの電話だったのですが、再来週に親族で集まることになったって……」

「遺産分割協議にしては早すぎませんかね」

「初美が言うには、とにかく誰に相続権があるのか、最初にはっきりさせておこうっていうんです」

「つまり双子のお義姉さんに納得してもらうための集まりですね」

「あの人たち、絶対折れたりしないわ……」

君子は今にもくずおれそうなさまである。

「大丈夫ですよ！　うちの社長がなんとかしてくれますよ、多分！」

「君、簡単そうに言うなよ」

横井は顔をしかめてマリを睨んだ。君子が申し訳なさそうに言った。

「そうですよね、難しい問題を、突然お伺いして図々しくお願いしてしまって、本当にすみません。お礼はちゃんとお支払いしますので、なんとか……」

「ええ、先ほども言いましたが、私のできるかぎりはお力になれればと思います」

「よかった！」

マリが声を弾ませると、君子がマリに微笑んだ。

「お嬢さん、他人の私のことに、そんなに真剣になってくれてありがとう」

横井が続けた。

「とりあえず、一度お宅にお伺いさせていただけませんか？」

「ええ、もちろん。ぜひお越しください」

第二章　山手の洋館

高くそびえる門扉《もんぴ》の前にマリはたたずみ、呆気にとられていた。

（いやー、想像してたところの、はるか斜め上だわ……。この門扉、なに？　お城？）

流麗なアーチをかたどった背の高い門扉は南部鉄器のように黒々と光っている。観音開きになる両扉は、いずれも唐草模様が織り込まれた鉄格子になっていて、中に入ると石畳のアプローチが続き、その先に白亜の洋館が建っている。おそらく日本の昔ながらのだだっぴろいお屋敷に住んでいるんだろう、と勝手に和風家屋を思い描いていたマリは、目の前に立つゴージャスな洋風の邸宅に度肝《どぎも》を抜かれていた。

君子が横浜ポートシティ不動産のオフィスを訪れてから一週間後のことである。あれからマリはオフィスの電話が鳴るたびに、すさまじい速度で受話器をとった。電話の応対は基本的にマリの仕事ではあるが、マリが席を外していれば、君子からの電話を横井がひとりで受け、ひとりで現地調査に行ってしまうかもしれない。

（なにがなんでも一緒に行きたい！）

その思いが天に通じたのか、マリは君子からの電話を受けることができた。

「永田ですけれど、この前はありがとうございました。横井さんはいらっしゃいますか？」

「社長は、ちょっと外に出ておりまして。よろしければ、ご伝言を承りますが」

「そうですか。それなら、突然ですみませんが、あさっての午後三時にうちにお越しいただきたいとお伝えくださいな。もしもご都合が悪ければ、お電話いただけますかしら」

瞬間的に壁のホワイトボードを見ると、横井のスケジュールには来客も出張もない。

「はい、空いておりますのでお伺いさせていただきます！」

マリはにこやかに答えて電話を切ってホワイトボードに向かい、横井と自分のスケジュール欄に「永田家往訪」と元気よく書き込んだ。そして今、マリは予想以上の永田邸の豪華ぶりに圧倒されているのだった。

「よくいらしてくださいました」

玄関から君子が出てきて二人を迎え入れた。

「素晴らしい洋館ですね」

横井の言葉にマリはうなずく。

「ほんとに。私、なんとなく和風だと思い込んでました」

「三之谷の本家が純和風の日本家屋なので、主人は小さいころから洋館に憧れていたようです。それで、義父が家を建ててくれるというときに、『和風はもう飽きた』となって」

「なるほど」

横井とマリは石畳を歩きながら、君子の説明に耳を傾けた。

「ここは山手地区に近いので、主人は山手の洋館をいろいろ見て参考にしたと言っていました」

「たしかに、山手地区にはぎょっとするような外国の方の立派なお宅がたくさんありますよね」

横井がそんなことを言いながら玄関に入る。玄関ホールは高い吹き抜けになっていて、天井近くの丸窓にはめ込まれたステンドグラスから差し込んでくる午後の陽光が、内装の白い壁に色とりどりの影を映していた。

（こういう家って現実にあるのね……）

マリが今住んでいる菊名の狭い１ＤＫのアパートとは比べるつもりもないが、建売の栃木の実家を思い浮かべると、一生をかけて遺せるものに差がありすぎて、なんとももの悲しい気持ちになるのだった。

君子に案内されてリビングに入ると、大きな暖炉があり、カップボードには高級そうなティーセットや陶器の人形が収められている。若いマリからすれば少々古臭いと思う調度品ばかりであったが、あれもこれも高級品であることは見てとれた。

「素敵なリビングですね」

「ありがとうございます。でも、浜野さんみたいな若さがないのよ。家自体も古いし、結婚した年に建てたから、もう四〇年以上前になるかしら」

「お庭もすごいですね！　あとでちょっとお庭に出てみていいですか？」

マリはリビングの広い窓から庭を見やってはしゃいだ声をあげた。芝生が広がるその一角には、冬だというのに濃いピンクのバラが咲き乱れている。バラって、冬に咲く花だったっけ？　マリの疑問を見透かしたように横井が言った。

「冬バラですか。見事ですね。しっかりお手入れされているんですね」

「庭いじりは嫌いではありませんので……」

マリはお宅拝見の境地で、もの珍しそうにきょろきょろと辺りを見回している。

「君ね、あんまりじろじろ見て失礼だと思わないのか」

「全然！　だってこんな豪邸初めてですし。しっかり見ておかないと！」

君子が嬉しそうに言った。

「お客さんが、とくにこんな若い人がいらっしゃることはなかなかないですから、賑やかになって嬉しいです。夫が死んでからは、家の中がどうにも広くなった感じで……」

ともすれば、君子の心はすべてを金蔵の死に結びつけてしまうようだった。

（形状記憶合金みたいね）

マリは話題を変えようと慌てて周りを見回すと、暖炉の上の写真立てに目を留めた。

「あ、家族写真ですね！」

「ああ、それは長女の高校の入学式の朝に撮った写真です。先生からは成績的に難しいと言われたんですが、頑張って合格して、主人もすごく喜んでいました」

「玄関ホールの前ですね。ステンドグラスの丸窓が後ろにある」

横井も覗き込んで言った。

「入学式に行く前に、家の前で、全員で撮ったんですよ。タクシーを呼んで、その運転手さんにお願いして写してもらって。下のふたりはまだ小学生で……」

君子は微笑みながら写真立てを手に取った。

「みんな笑ってるでしょ。だから大好きな写真なの」

暖炉の上に写真立てを戻すころには、君子の口元から微笑みは消えていた。横井が尋ねた。

「お子さんたちは、それぞれ独立されているんですか？」

「長女の初美は、私と一緒にこの家に住んでいます。横浜の商工会議所に勤めているんです。次女は次《つ》美《み》といって、結婚してしばらくは横浜のマンションに住んでいたのですが、三年前から旦那さんの仕事の都合でアメリカにいます。二年前にアメリカで娘を生んだのですが、コロナがあって帰ってこられなくなって、だからまだ、私は孫娘には会えていないんです。私たちにとっては初孫なのですが、主人は一度も会えずに逝ってしまった……」

「それは本当に残念でしたね。それで、息子さんはどちらにお住まいですか？」

その瞬間、マリには君子の体がぴくりとこわばったように見えた。

「息子の稼頭彦《かずひこ》は、石川町のアパートに住んでいます」

「どこにお勤めなんですか？」

マリが無邪気に聞いたが、

「……いえ」

という君子の返事に、場がしんと静まり返った。

(やばい、聞いちゃいけない話だったかな)

横井がいつもの淡々とした調子で尋ねた。

「……とおっしゃいますと？」

「あの子は出て行ったんです」

君子が意を決したように口を開いた。

「あの子は、稼頭彦は主人と大ゲンカをしまして。……稼頭彦は、中学校のときからずっと学校に行かず、部屋から出てこなかったんです。高校受験もしないで、なんとか言い聞かせて通信制の高校に入学させたのですが、それも結局中退してしまいました。部屋でゲームばっかりやっていたみたいで。主人は『稼頭彦のことはお前に任せる』と言って、でもあの子は、私とも口をきいてくれなくなってしまって……。私も、強く言えなかったのが悪いんです。そんな状態がずっと続いていたのですが、あの子が二〇歳になったときに、主人があの子の部屋に無理やり入って、これからどうするんだ、もう社会人の歳だろう、学校も出ていないお前が社会に出るなんてちっとも期待していない、せめてうちの仕事を手伝えって怒鳴ったんですよ。あんなに怒った主人を見るのは初めてで、私、あの子がかわいそうになりました。あの子の気持ちを聞かずに頭ごなしに怒鳴ったって、ますます頑なになるだけでしょう。そうしたら稼頭彦も怒鳴り返して、『こんな家に生まれなきゃよかった、そしたら自分の人生こんなんじゃなかった、アンタらのせいだ』って……。そこで主人が、稼頭彦の頬を打ったんです。『親にむかってアンタとはなんだ』って、ぶるぶる震えていました」

(すごい修羅場だ)

マリはますます、この家がドラマや映画の中に存在する別の世界のもののように思えた。

「それで、どうされたんですか？」

「主人と稼頭彦が取っ組み合いになりそうだったのを、初美と次美が止めに入ったんです。とくに次美は、稼頭彦と仲が良かったので、稼頭彦をかばっていました。初美と次美が入ったことで夫もすこし落ち着いたようで、『もういい、お前はうちにいなかったものとする、そんなにこの家が気に入らないなら出ていけ』と言って、それで稼頭彦は出て行ってしまったんです」

「でも、引きこもりが家を飛び出したところで、住むところもお金もないですよね？」

「浜野くん、言い方！」

横井が慌ててマリをたしなめたが、君子は気にしていないようだった。

「次美が、そのころはまだ結婚前だったから家にいたのだけれど、飛び出していった稼頭彦と連絡をとってくれたんです。それで私が、お金もないだろうしとにかく居場所だけはつくってやらないと、と思って、夫に頼み込んだんです。稼頭彦がああなったのは、育ててきた私の責任で、私が代わりに頭を下げるから、どうか住むところだけは与えてやってほしい、と……。一緒に次美も頼んでくれたせいか、夫は渋々という感じでしたが、『それなら、この部屋だけはくれてやる』と言ったのが、石川町のアパートなんです。すごく古くて狭い部屋ですよ。それ以来、夫は稼頭彦とは会っていません」

君子が黙り込むと、重い沈黙がリビング全体を覆った。

「君子さんは、稼頭彦さんとは？」

横井の言葉に、君子は顔を上げた。

「私があの子にお金を渡してやっていました。でも、きっと素直に受け取らないだろうと思ったから、ときどきアパートに行って、ドアポストに差し込んであげるんです。本当に少ない額ですけど」

「それ、今でも続けているんですか？」

「ええ……」

マリは驚いた。三〇を過ぎた大の男が母親からお金を受け取っているなんて！

「本当は家の中に入って掃除でもしてあげたいし、鍵も一応持っているけれど、きっと嫌がるでしょうから……」

君子の顔が曇ったが、マリはそのほうがいいと思った。くどいようだが、生活力もお金も仕事もない、ママがときどき掃除しにきてくれる三〇すぎの男なんて、相当にヤバい奴である。

「夫はそれ以来、稼頭彦のことについてなにも話しませんでしたが、きっと内心は心配していたと思います」

君子はそこで言葉を止め、壁のほうを見遣った。その視線の先には、一枚の絵が飾ってあった。波止場に船が浮かんでいる水彩画だ。横井が尋ねた。

「あの絵は？」

「あれは、稼頭彦が小学生のときに描いた絵なんですよ」

「小学生でこれを？　すごいですね！」

マリは心から感嘆した。絵心のないマリでなくとも驚くべきほどの巧みさである。どこかの波止場からの風景だろうか、海に一艘の漁船が浮かび、その上をカモメと思しき鳥が躍動しながら飛び交っていた。マリの言葉に君子がぽっと頬をあからめ、嬉しそうに絵に近づいた。

「この鳥の生き生きした感じと、船を下から見ているこの角度がいいでしょう？　迫力があって。市のコンクールで賞を取ったんですよ。私、主人がときどき、この絵をじっと見つめているのを見たんです。

それも一度じゃなくて、たびたび」

「金蔵さんが亡くなって、稼頭彦さんはどんな反応だったんでしょうか？」

横井が尋ねた。

「コロナでしたし、お葬式は家族葬で小さく済ませましたが、……稼頭彦は来なかったんです。次美が稼頭彦に、お葬式に行くよう諭したらしいんですが、そもそも次美もコロナのせいで帰国できなくて、だから子どもで出席したのは初美だけ。次美は事情が事情だから仕方ないにしても、情けない話ですよね……」

（実の父親の葬式に出ないって、どれだけ？）

マリは永田親子のこじれた関係をひしひしと痛感した。

「稼頭彦さんは、君子さんから差し入れる生活費だけで、生計を立てていけるんでしょうか」

「次美は今でも稼頭彦とＬＩＮＥしていたりして、稼頭彦の様子を教えてくれるのですが、アルバイトをしているみたいです。あの子がアルバイトでもちゃんと働けるのかというのも不安ですけれど、もう三二歳なのに、そんなフリーターみたいな生活でこの先大丈夫なのかって……。なんとか身の立つようにしてあげたいんですが、あの子は、遺産もいらないと言っているみたいで……」

再び重い沈黙が立ち込める。すこしして横井がとりなすように言った。

「奥さん、それで金蔵さんの部屋というのは……」

君子ははっと顔を上げた。

「そうね、ごめんなさい、こんな話ばかり。夫の書斎を見にきたのですものね。あらあら、私ったらお茶を出すのを忘れていたわ。すこしここで待っててくださいな」

君子がそそくさとソファを立ってリビングを出ると、重苦しい空気がふっと緩んだようだった。マリは横井に小声で囁《ささや》いた。

「お金持ちなのに、あんまり幸せそうじゃない感じですねぇ」

「お金があれば幸せとは限らんよ」

横井の言葉にマリは深くうなずいた。

＊

「ここが、主人が仕事をしていた部屋です」

そこはまるでイギリス貴族の書斎のような、重厚な趣のある一室だった。ドアを開けてすぐ両側の壁に設らえられた書棚や飾り棚は、天井までの高さがあり、書棚はスライド式の二重棚で、無味乾燥な分厚いファイルや本が並んでいる。部屋の最も奥には畳一畳分はあろうかという大きな書斎机が陣取っている。

横井が感嘆したように尋ねた。

「全部マホガニーですか？」

「さあ、私はわからないので」

「いやぁ、この飾り棚にはいいウイスキーとグラスばっかり並んでますね。こういうの、憧れますよ」

「社長だって、会社に同じようなのつくってるじゃないですか」

マリが呆れ顔で言った。

「馬鹿、僕のとはレベルが違うよ、この部屋は。……この書斎机も立派だな。引き出しを開けてみてよろしいですか？」

「もちろん、どうぞ。一応私と初美もひと通り見たんですが、他の方の目で見れば違うかもしれませんし」

横井は一つひとつ引き出しの中を確かめはじめる。その目は先ほどとは別人のように鋭い光を放っているかのようで、マリは驚いた。

「権利書などの重要書類は、どこにまとめてあったのでしょうか？」

「はい、それは貸金庫の中にありました」

「ふむ。すると、こちらの家にはその類のものはいっさい置いていらっしゃらなかったのですね」

「写しのようなものはありました。その、義父の文机の上に」

「文机？」

「これです」

書斎机の向かい側に、マホガニーの色調とは趣を異にした、黒檀《こくたん》の和風の机が置かれていた。その上に、大きな文箱《ふばこ》や筆入れ、引き出しなどがきちんと並べられていた。

「義父が亡くなったとき、というよりも、本家を義姉たちに引き渡したとき、お仏壇はそこに残さざるを得なかったんです。もちろん、お寺さんのことは主人が施主になって引き継ぎましたけど。でも仏壇は大きかったたし、先祖代々のものだったから動かせなかったんです。それで主人は形見分けのときに、この黒檀の文机《ふづくえ》を受け継いだんです。義父は本家の仕事をこの机でやっていて、主人としては父から引き継いだ不動産の事業をしっかりやっていこうという気持ちがあったのかもしれません」

「お父さまの精神が、この机を介して受け継がれたわけですね」

横井が感慨深げにつぶやいた。

「その上にある文箱の中に、いろいろな書類の写しが入っていました。きっと義父も、ここに大切なものを入れていたんだと思います」

「拝見してよろしいですか?」

「はい」

マリは文机周辺に集中している横井についていっていたが、小難しそうな書類ばかりでどうにもおもしろくない。この辺りは横井がチェックしているのだから、自分は他の場所を探したほうがよっぽど効率的だろう。片方の壁一面の書棚を眺めると、ファイルボックスで占められている一角があった。

(よくわからない書類だったら、社長に渡しちゃおう。こういうところになにかが隠されているものよね)

マリはそっと横井と君子のそばを離れ、ファイルボックスの中を改めていく。しかし案の定、どのボックスにも小難しそうな書類が詰まっていて、マリは落胆した。そのうちのひとつなんかは、英語の書類ばっかりで、とても読めそうにない。マリは大きなため息をついて君子に尋ねた。

「金蔵さんって、英語が得意だったんですか?」

問われて君子が振り返る。

「とりたててそういうことはなかったと思いますけど、なにか？」

「だって、この中、英語の書類ばっかりなんですもん」

横井の手が止まった。

「浜野くん、ちょっとそれ見せて」

「はーい」

マリからボックスごと渡された横井が中味を取り出し、一つひとつゆっくりと確認していく。

「こういうの、うちの事務所にもありますよね？　ファイリングしてたときに見たことがある気がします。まったく同じじゃないかもしれないけど」

「これは、アメリカの不動産会社のパンフレットだよ」

「そういえば……」

君子が思い出したように呟いた。

「なにか心当たりがあるんですか？」

「税理士さんが、アメリカに不動産があるとか、アメリカの口座もあるとかおっしゃっていたんですが、私にはどうもピンとこなくて……。次女がアメリカにいるので、なにか関係があるのかな、と思っていたんですけど……」

（横浜の大地主が、アメリカに不動産？）

不動産のことには疎いマリでも、そのつながりは不可解に思えた。よく知らないけど、地主って、世界中の土地を持ちたがるものなのかしら？　この横浜市内の不動産だけで充分じゃないのかな。

「他にも、亡くなってからわかったことはありますか？」

「そうね……。そうそう、みなとみらいのタワーマンションの一室の権利書が出てきて、ちょっと意外でしたね。夫がもともとの永田家の資産で、古いアパートをいくつか持っているのは知っていたけれど、新しいマンションのそれも一室だけとか、そんなものを引き継いだのかしら、それとも新しく買ったのかしらって。多分、買ったんですよね。永田の父がそんな新しい不動産を持っていたはずはないもの」

「それって、これのことですか？」

マリが違うファイルボックスの中からパンフレットを取り出した。表紙には、「みなとみらい駅徒歩五分！　１３５平米で充実の３ＬＤＫ！」と書かれた文字が賑やかに躍っている。パラパラとめくってみると、ジムあり・ゲストルームありの最新設備の揃ったタワマンの光景に、マリはうらやましくなった。

「こういう物件って、いくらくらいするんですかね？」

「人気エリアでこの仕様だからな。一億円はくだらないだろうな」

ちなみに、マリのアパートは家賃七万六〇〇〇円である。

「夫は、なぜこんな新しいマンションを買ったのかしら？　別に、これ以上不動産を買う必要もないだろうし、夫はこの家が気に入っていたから、住み替えというのも変だし……」

（もしかして……？）

マリははっと思い当たった。もしかして、稼頭彦に住まわせる気だったのだろうか。

「その権利書、見せていただけませんか？」

「はい、税理士の先生に聞いてみますね」

そのとき、書斎のドアがバタンと勢いよく開かれた。

＊

「そこでなにしてるの？」

金切り声とともに入ってきたのは、マリと同じくらいの背格好でギスギスした印象の、やや痩せ気味の中年女性だった。細い銀のフレームの眼鏡の奥の細い目が横井とマリをキッと睨んでいる。薄化粧に耳の上ですっぱりと切り揃えられた黒髪、素っ気なさすら感じさせる白いシャツに、黒い膝丈のタイトスカート。教師みたいな人だな、とマリは思った。こうしてキーキー声をあげるところなんて、高校時代の家庭科を受け持っていたオバサン先生にそっくりだ。この人、モテなそうだな……。威圧的なそのさまに、横井も気後れしたようだった。

「あら初美、帰ってきたの？　そんなに乱暴にドアを開けたらびっくりするじゃない」

君子がのんびりと声をかける。この人が長女の初美さんなのか。相当にカッカしている感じだが、母親である君子はまったく気にしていないようだった。普段からこんなにピリピリしている人で、これが普通なのかな……。初美はにべもなく君子に言葉を返した。

「お母さん、この人たち誰なのよ？」

「ちょっと、そんな言い方はないでしょう」

「誰なの？　なんなのよ、人の家のものを勝手に漁《あさ》ったりして！」

その一方的な物言いにマリは思わずカチンときて、つい言葉が漏れた。

「勝手じゃありませんよ、ちゃんと許可を取っていますし」

「どんな許可よ？　誰が出したのよ？」

「初美、私がお願いしたのよ」

君子が初美をたしなめるが、残念ながら逆効果だったようだ。

「お母さん、この部屋は私と一緒に探したじゃないの、忘れちゃったの？　それで大切そうなものはひと通り見つけたじゃない！　これ以上、それも他人に頼んだって無駄でしょ、みっともない！　だいたい、なんで私に相談しないのよ？」

君子が口をつぐむ。どうやら君子は、横井を呼んだことを初美には内緒にしていたようだ。

「母が呼んだみたいですけど、あなたたちも、他人の家のことにクビを突っ込まないでくださいね。今すぐ帰ってください」

「ちょっと、そんな態度ってないんじゃないですか」

食ってかかろうとするマリを、横井が横から押さえた。

「わかりました。これで失礼します。ほら、行くぞ浜野くん」

横井は半ば強引にマリを連れ出した。背中のほうで、初美の怒鳴り声と君子のぼそぼそとした返答が聞こえる。

「あの人たち、誰なのよ？」

「関内の不動産屋さんで……」

「不動産？　わかった、うちが相続した土地を狙っているのね？　お母さん、不動産屋なんて信じちゃだめよ！　どうせ、土地を売れとか買えとかしか言わないんだから」

それに対して君子がなんと答えたのか、その声は小さくてマリの耳には入ってこなかった。初美の金切り声は相変わらず聞こえてくる。

「だからお母さんは世間知らずって言われるのよ。優しいこと言われていい気持ちになって。だまされてるに決まってるでしょ！」

後ろで繰り広げられる会話を横井は気にするでもなく、ふたりは永田邸を出た。

「あれが初美さんなんですね。あんなにきついからまだ独身で、四〇にもなって実家暮らしなんですよね」

「おいおい、女性の結婚問題は、そんなに安直に判断するもんじゃないよ」

そうだろうか、とマリは思う。結婚してケンカするたびに、あんなヒステリックに責めたてられたんじゃ、夫となる男だってたまったもんじゃない。ふたりが門を出ようとしたときに、後ろのほうから君子がぱたぱたと追いかけてきた。

「ごめんなさい、せっかく来ていただいたのに。本当は優しい子なんですけど、昔から言い方がきつい子で……」

「ほんとですね」

と正直な感想を言いかけたマリを、横井が慌てて遮《さえぎ》った。

「いえいえ、うちの浜野も後先考えずに言い返すもので、申し訳ありませんでした。ほれ、謝りなさい」

「いいのよ、あなたは全然悪くないわ」

(この上品な人から、あんなにきつい性格の人が生まれてくるんだもんなぁ……)

マリは遺伝子の不思議さに思いを馳せた。

「あの子は、私のことを心配してくれているんです。あのあと、『私がいい弁護士を見つけてくるから、伯母さんたちのことは心配しないで、私、絶対にあんな人たちに負けないから』って言っていました。その気持ちは嬉しいんですが、私、お義姉さんたちとケンカしたいわけじゃなくて、みんなが満足する道がないものかと思っているんです。甘いと思われるかもしれませんけど……」

君子がおっとりしているのはマリもわかっていたが、相当人がいいらしい。箱入りで、世間の悪意に触れてこないで生きてきたのだろうか。マリは初美の気持ちもわかる気がした。こんな世間知らずの母親がいたら、心配であれやこれや口を出したくなるかもしれない。まして、大金持ちの父が死んだばかりだ。遺産をめぐって親族が争おうとしているタイミングで、よくわからない二人組が勝手に家の中を捜しているなんて、怒るのも当然なのかもしれない。

「君子さん、その通りですよ。相続は、争わないことがいちばんいいんです。だからあなたの気持ちは、決して甘くないし、間違ってはいない」

横井の言葉に、君子はすこし元気づけられたかのように見えた。

「横井さん、浜野さんも、これに懲りないでどうぞよろしくお願いいたします」

横井はにっこり微笑んだ。

「今日はこれでおいとましますが、また連絡させてください」

＊

永田邸を出ると、横井は行きと反対方向に進んだ。

「あれ？　社長、道が逆じゃないですか？」

「いや、近道があるんだよ」

「近道？」

「ほら」

少し先を右に曲がると、急に空が開けた。眼下には急な階段が広がっている。そして連なる屋根やビルの向こうには、うっすら工場地帯も望める。横井は目を細めて指を指しながら言った。

「あの辺り、今は工場や港湾施設だけど、昔は海だったんだよ。手前の幹線道路の辺りが、昔の海岸線なんだ。今は埋め立てられて、海はずっと先になってしまった」

「へー、よく見えますね。こんなに高いところにいたなんて、全然思っていませんでした。来るときも坂だったけど、狭い道路で見通しの悪いところをぐるぐると進んできたし……」

「まさに山手と山下で、地名が地形を表しているんだ。階段が急だから気をつけろよ」

直滑降のような階段を四〇段ほど下りると踊り場があり、少し方向を変えてまた階段が続く。それを三回ほど繰り返し、二人はようやく下までたどり着いた。見上げると、黒々とした擁壁《ようへき》が天然の断崖絶壁のようにそびえている。

「うわ、すごい崖！　ほとんど垂直じゃないですか」

「この辺りは崖が多いんだよ。今はコンクリートで固められたり擁壁をしっかり作ったりしているけど、前は自然の地層がよく見えたんだ。ここら辺はもう海岸だった。遠浅でね。だから埋め立てられちゃったわけだけど」

「社長、よく知ってますね」

「この辺は地元だからね。学校もここのすぐ近くだったし」

「そうなんだ……」

マリはもう一度崖の上に目を向けた。永田邸に似た瀟洒《しょうしゃ》な建物や、いかにもモダンな低層マンションが鎮座している。翻《ひるがえ》って現在地の階段下の辺りも住宅地ではあるが、間口の狭い二階家が軒《のき》を並べ、下町風情が漂っている。

(丘の上と下では住む人が違うというか、世界が違うみたい)

マリが思わず肩をすくめると、横井が訝《いぶか》しげに尋ねた。

「どうした？」

「いえね、お金持ちってほんとに丘の上に住むんだなーって思って。君子さんは『山の手』の奥さんなんですね。でも、さっきも言ったけど、お金があるから幸せってわけじゃないんですよね」

「まあ、それはそうだろうな」

薄暗くなった街並みを、横井とマリは歩き続けた。

「稼頭彦さんを甘やかすのも、お金があるからですよね。それにお金があるから、その双子のお義姉さんが勝手言って相続権ないのにゴリ押ししてくるんですよね。君子さんが『本家』とか言ってたけど、昭和の世界というか、そんな考え方がまだ残っているんですね」

マリは君子の頼りない後ろ姿を思い出した。

「私、この前事務所で君子さんの話を聞いたときも思ったんですけど、横溝正史の『犬神家の一族』とか『八つ墓村』みたいな世界の話ですよね。あれ、双子の老婆が出てくるのってどっちでしたっけ？」

「横溝正史は置いておいて、たしかに君の年齢だと、そう感じるのが自然かもしれないな。でも、相続っていうのは一筋縄じゃいかないところがある。人間には感情があるし、家族親族の歴史もあるし。権利の有る無しだけでは割り切れないときもあるんだよ」

「そうですかね？　だって、この場合は相続人である君子さんに相続の権利があるんでしょう？　その双子のお義姉さんには権利がないわけじゃないですか。割り切れる話だと思いますけど……」

「うーん……」

横井はしばらく黙ってから続けた。

「たしかに、君子さんは相続人だ。だけど、その双子のお義姉さんも家を飛び出した稼頭彦さんという息子さんも、永田家の一員で家族なんだからね。誰に味方するわけじゃないけれど、相続に関わる全員が幸せになる道もあるんじゃないかな」

「できるんでしょうか？　そんなこと」

「どうだろうな。まあ、まだわからないけどね」

幹線道路に出るとすぐにバス停があった。

「ここが関内方面行きのバス停だ。行きのバスとは違うけど、ここから乗れば事務所の近くに行けるよ。悪いけど、君、いったん事務所に戻って留守電とか確認して、それから戸締りして帰ってくれ」

「はい。……って、社長は？」

「僕は明日ゴルフで早いから、このまま直帰するよ。反対方向のバスに乗る。あ、あれが君の乗るバスだろうな。じゃ、ここで。お疲れさん」

信号が青になった横断歩道をすたすたと渡っていく横井の後ろ姿を、マリは釈然としない気持ちで見送った。

（またゴルフ？　本当にマイペースなんだから）

マリは先ほど会った君子や初美の顔を思い浮かべ、この社長があの曲者揃いの永田家のトラブルを本当に解決できるのか疑わしく思いながら、到着したバスに乗り込んだ。

＊

マリが事務所に戻ると、コピー機の前に誰かが立っていた。営業担当の社員、関谷光希である。

「お疲れさまです、ただいま戻りました」

「あれ、浜野さん。なんだか久しぶりだね」

「たしかに、最後に会ったのいつでしたっけ？　関谷さん、だいたい会社にいないから」

マリは笑いながら返した。マリよりも九歳上の関谷は人当たりがよく社交的で、マリにとっては話しかけやすい先輩社員だったが、ふだんはめったに顔を合わせない。朝は事務所に姿を見せることが多いが、社長と打ち合わせをしたあとはすぐに外回りに出かけてしまう。ラフな格好の横井と違って常にスーツを着用し、色は必ず紺かグレーである。芳江の話によれば、靴は黒一色で、ロッカーに何足も入っていてときどき馬油がしみ込んだスポンジで靴を磨いているらしい。マリはそれを聞いて「スカした男」というイメージを持っていたが、話しやすい関谷にナチュラルな人の好さを感じてもいた。

「本当は直帰したかったんだけどさ、明日の朝イチの打ち合わせ資料を出力しとかなきゃいけなかったから。浜野さんこそ、外回りなんて珍しいね」

「社長の同行ですよ。山手の、すごいお金持ちのお宅に行ってきちゃいました」

「山手のお金持ちって、永田金蔵さんの家？　去年の暮れに亡くなったみたいだけど」

（永田家って、そんなに有名なのか……）

関谷の口から永田金蔵の名前が出たことにマリは少なからず驚いた。

「そうなんです。この前奥さんがいらして、相続のことで力になってくれ、って。それが、もうドロドロの遺産争いっていう感じなんですよね」

「あれだけお金持ちじゃ、いろいろあるんだろうなぁ。ま、俺には縁のない話だろうけど」

関谷はプリント待ちの状態で暇なのか、意外にも話に乗ってくる。マリはあらためて関谷を観察した。身長は一八〇センチ弱というところだろうか、一五六センチのマリにとってはそこそこ見上げる存在だ。

「関谷さんって、永田家のことはよくご存じなんですか？」

「まあ、この辺りじゃ有名な地主さんだから。営業でまわっていれば、いろいろ聞こえてくるよ」

「じゃあ、お姉さんのこととか？」

「そうね。あの人はやり手だね」

「どっちのほう？」

「どっちって」

「双子の……」

「双子？」

関谷は怪訝《けげん》そうにしている。

「え、永田金蔵さんのお姉さんですよね？　双子の」

「そりゃお姉さん違いだ！　俺が言っているのは、金蔵さんの娘さん。商工会議所に勤めている永田初美さんのことだよ」

関谷が笑いながら言った。

「なーんだ、どうりで話が合わないと思いました。初美さんなら、さっき会いましたよ。きつい感じの人ですよね。私、ちょっと苦手かもしれません」

「へぇ、そうなの？」

「実は、ちょっとやりあっちゃって……」

それを聞いて、関谷は愉快そうに言った。

「いきさつはわからないけど、浜野さん、思ったことすぐに口に出しそうだもんね」

「……そうですね、反省してます」

しょぼくれるマリを見て、関谷はとりなすように言った。

「まあ、場数を踏めば慣れてくるでしょ。俺はもうそろそろ出るから、飯食って帰ろうと思ってたんだけど、よかったら一緒に行く？」

マリは驚いた。この会社に入ってからこれまで、一緒にごはんを食べる相手といえば芳江だけである。

「え、いいんですか？　行きます！　おなかすいてたんです。……というか、さっきまで社長と一緒だったので、ごはんでも食べて帰るか、っていう流れになると思ってたんですけど、社長、『明日ゴルフで早いから、じゃ、ここで』って、さっさと帰っちゃって」

関谷が笑い出した。

「まあ、あの人らしいな」

＊

「じゃあ中華街の店に入るのは、歓迎会以来ってこと？」

関谷がビックリしたような声を出した。事務所は日本大通り駅が最寄りだが、元町・中華街駅とも近い。みなとみらい線の駅の間隔は狭いので、一〇分も歩かずに中華街にたどり着く。

「昼飯とか、中華街まで行けばいろいろ食べられるよ」

「私、基本的にお弁当持ってきていますし、それにお店がいっぱいありすぎて、どうしていいかわからなくって。一人で入って大丈夫なお店なのか、とか」

「一皿の量が二、三人前のときもあるしね。今日は二人だから、心配しないで好きなものを頼みなよ」

「ありがとうございます！　『点心食べ放題』ってパワーワードですね」

メニューを見つめるマリを楽しそうに眺めながら、関谷が言った。

「浜野さんってお弁当なんだ。料理好きなの？」

「好きというか、節約ですよ。特にここに来たばかりのときは、試用期間でお払い箱になったら、収入なくなっちゃうじゃないですか。最初のお給料もらうまでの一ヶ月は、本当にビクビクしてました。今はそれほどじゃないですけど」

そこへビールが運ばれてきて二人はとりあえず乾杯し、関谷が慣れた様子で料理を注文した。

「よく来るお店なんですか？」

「うん、この店は社長に教えてもらったんだ。あの人、この辺りのことはなんでも知ってるから」

マリは今日の帰り道の会話を思い出して納得した。関谷はビールを呷るとマリに尋ねた。

「もう仕事には慣れた？」

「はい、なんとか。でも、戦力になっているのかがすごく心配で。留守番と掃除とファイリングくらいしかしてないから……。そもそも、なんで私が採用されたのか、今でもよくわからないです」

「大丈夫だって。社長とも芳江さんともうまくやってるみたいじゃない」

「そうですかね……。でも、自分には不動産の専門知識ゼロだし、土地勘があるわけでもないし。まあ、

『出社できる人』という条件はクリアしていましたけど。すごく役に立ってる気がしないというか、どこを期待されているかがよくわからなくて……。あ、この小籠包おいしい！」

関谷が噴き出した。

「真剣に悩んでるかと思ったら、小籠包で元気出たみたいでよかった」

「いや、一応真剣に悩んでるんですよ！」

マリも笑う。

「実はさ、社長、前々から浜のついた人がいいな、って言ってたんだよね」

「浜？」

マリはぽかんとした。

「俺の名前が関谷で『関』でしょ、それで内田さんが『内』だから、あわせて『関内』でしょ。それで社長が横井で『横』だから、もし『浜』の字の人が来れば、『横浜・関内』になって、完璧だなーって」

「……はい？」

「それで面接志望の人が浜野さんでしょ。これはもう運命じゃん」

マリは絶句した。関谷が慌てて付け足すように続ける。

「いや、もちろん『浜』さえつけば誰でもよかったとか、そういうことじゃないよ。社長はとっても喜んでた。いい人が来てくれた、真面目だし明るいし。実際に働きはじめると、雑用を頼んでも嫌な顔ひとつしない、遅刻しない。そのうえ『浜』の字がついてて最高だって」

マリは心底呆れてしまった。自分が戦力になっているかどうかという悩みなんて、どうでもいい瑣末《さまつ》なことのように思えてきた。

「ごめん、怒った？」

押し黙ったマリに、関谷は慌てているようだった。

「いや、別に怒ってないですよ。なんか、気が抜けちゃって……」

マリは考えながら続けた。

「私、就活のとき、一〇〇社くらいは落ちたんですよね。自分が全否定されたような気がして、すごくつらかったんです。ようやく採用された会社は二ヶ月で倒産しちゃうし。なんか、私って運がないなぁって落ち込んだんですけど、それ以前に取り柄も特技もないし、だからダメだったのかなぁって。それで、この会社はとにかく頑張ろうって思ってたんですけど、そんな理由で採用されたなら、ありのままの自分でいいのかな、って思ってきました」

「そうそう、だって採用されたんだから、それは採用される理由があったってことでしょ？　あ、もちろん名字以外にもね」

マリは思わず笑った。

「関谷さんも、思ったことすぐに口に出すタイプですよね」

「まあね」

関谷はそばを通りかかったチャイナドレスの店員に、ビールのおかわりを注文した。

「そういえば関谷さん、さっき初美さんを知っているようなことを言ってましたよね」

「うん。彼女が勤めている商工会議所には俺も行くから、見たことあるよ」

「どんな人だと思います？」

「そうだなぁ、真面目でしっかりしてる感じ？　厳しそうだよね」

「年齢的にも、お局さまって感じですかね？」

「たしか独身でしょ？　たしか主任だったか課長補佐かそのくらいで、それほど上の地位にはついてなかったような気がする。そうそう、彼女の他にも妹と弟がいるんでしょ」

「はい。妹さんのほうは結婚して、今はアメリカに住んでいるんだそうです。それで弟さんは……」

「勘当されたって聞いたけど」

「そんなことまで知ってるんですか」

マリは目を丸くした。

「まあ、噂話程度だけどね。そういう話題ってみんな好きみたいで、あの辺りのおばあちゃんとかおじいちゃんと話してると、結構いろいろ教えてくれるよ。それに金蔵さんが亡くなったから、跡は誰が継ぐのかとかも話題になってるし。誰がどう相続するのか、相続税捻出のために売るのかとかで、今後の土地管理に影響が出るだろうし、アンテナは張っておかないとね」

「そうなんですね。……でも、もしも自分だったら、そんな噂の的になっているなんて、なんか嫌ですね」

マリは考え込んだ。とくに君子は、金蔵を亡くしてすっかり気落ちした状態だ。このように近所の話題になっていることを知っているのだろうか。

「横浜は都会だと思われてるけど、ずっと長く住んでいる人もたくさんいるし、コミュニティができあがっているからね。まあ、ご近所付き合いって、面倒なこともあるだろうけど、それだけつながりが密ということでもあるし。……ところでその弟、金蔵さんの息子さんの話だけど、本当に勘当されたの？」

「君子さんが、そう言ってましたよ」

マリが何個目かの小籠包を平らげながら言う。

「ふーん、今どき勘当なんてあるのかな。昔は、勘当するってことは戸籍を抜くということだったらしいけど、まさかそこまでしてないだろうし。籍を抜いていないなら、その息子さんは、法的には相続人だよね」

「それが、その稼頭彦さん的には遺産はいらないらしくて。あと、それ以前に、相続権もない金蔵さんの双子のお姉さんたちが、本家の土地をよこせと言ってるらしくて……」

「本家って、三之谷の？」

「そうです。今はお姉さんたちだけで住んでいるそうですが、その土地の三分の一は、金蔵さん名義になっているんですって」

「なるほどね。あの家の敷地はかなり広いからな。その双子のお姉さんに家族は？」

「二人とも独身だそうですよ」

「じゃ、少しは安心かな」

「なにがですか？」

「もしもこの土地を双子のお姉さんが相続して、相続後すぐにお姉さんが亡くなった場合、独身であればその土地の相続権は残る兄弟姉妹にいく」

「双子の片割れのほうに相続されるんですね」

「彼女だけじゃない、金蔵さんにも権利がある」

「へ？　だって、もう死んじゃっているのに？」

「先に亡くなっている兄弟姉妹がいる場合、代襲相続といって、その子どもに相続の権利が移るんだ。それは、今金蔵さんのものである三分の一だけじゃなく、残りの三分の二も同じことで、今後お姉さんが二人とも亡くなったら、本家の土地はすべて、金蔵さんの三人の子どもたちのものになるんだよ」

「えーと、それじゃ、もしもお姉さんが土地を相続しても、最終的には金蔵さんのお子さんたちに戻ってくるってことですか？」

「まあそうなんだけど、そんな簡単な問題じゃないんだ。あそこがお姉さんたちだけのものになった時点で、お姉さんたちが本家の土地家屋をすべて第三者に売り払うという可能性もある」

「なるほど」

「最近は高齢の資産家をだます犯罪も多いし、お姉さんたちにその気がなくても、いつの間にか売り払われていたということだって起こるかもしれない」

「それじゃ、やっぱり土地はお姉さんたちに渡さないほうがいいんですかね……。社長は、『みんなが幸せになる道を探す』みたいなことを言ってましたけど、そんなの無理ですよね」

「それ、俺も聞いたことがあるよ。もちろんこの永田家の話じゃなくて、別の相続の案件でだけど。『誰かのひとり勝ちじゃなくて、みんなが納得する相続の形があるはずだ』って。社長がずっと地域住民に向けて『相続不動産に関する無料相談会』を開いているのは知ってる？　社長は税理士とか弁護士じゃないけど、相続の相談を受けていろいろな情報を得て、話し合って、知恵を出す。浜野さんは、社長が相続問題で一番大切にしていることはなにか、聞いたことある？」

マリは首を横に振った。

「亡くなった人の遺志を大切にすることなんだってさ。相続では、相続する側が権利を主張する場になりがちだけど、相続されるものを築いたのは亡くなった人でしょ？　だから、誰になにを渡すか、どう分けるか、それを決めるためには故人の遺志が最大限に尊重されなければならない。もらうほうはそれを当然の権利としてではなく、ちゃんと感謝していただくようにしないといけない。そんなことを言ってたな」

マリは、この前の君子と横井の会話を思い出した。

「社長、初めて君子さんの相談を受けたときに、『遺言があれば』って言ってたんですよね……」

「そうそう、遺言があれば話は早いよね。故人の遺志がそこに残されているんだから」

関谷は何杯目かのビールの注文を頼んだ。

「ところで、遺言って英語でなんていうと思う？」

マリは英語は苦手である。

「ウィル（Ｗｉｌｌ）っていうんだ」

「えーと、〝なになにしようと思う〟の〝ウィル〟ですか？」

「そうそう、『意志』とも訳せるよね。英語では、死んだ人の『遺志』も生きている人の『意志』も、同じ言葉で表すんだよね。ちょっとおもしろいでしょ」

マリはまた思い出した。横井が君子に、「あなたはどうしたいのですか」と尋ねていたことを。

「社長はさ、故人の遺志を示すものがあれば、たとえ正式な遺言でなくても、それを基本にみんなで考えていきたいんじゃないかな。一番いい方法をね」

「前に、社長が君子さんに尋ねていました。あなたはどうしたいんですか、って。そうしたら君子さんは、『主人の思うようにしたい』って答えたんです。君子さんは、金蔵さんのウィルを大事に考えているってことですよね」

マリは君子のことを、「なにもわからなくて右往左往している、お嬢さま育ちの専業主婦」というイメージで見ていたことを反省した。

（君子さんは金蔵さんを愛していて、最大の理解者として寄り添ってきたんだ……）

関谷が腕時計をちらりと見て言った。

「あ、ごめん、もうこんな時間か」

「あ、すみません！　関谷さん、あした朝イチから訪問でしたよね。……そうそう、一番下の息子さんの稼頭彦さんは、家を出て石川町のアパートで一人暮らししているらしいんですよ。三〇歳過ぎて、母親にお小遣いもらって生きてるってどう思います？」

「へぇ、俺と同じ年くらいかな。まあ、人にはいろいろあるから、そういう人生もあるんじゃない？」

「父親のお葬式にも来なかったらしいですよ。私には理解不能なんですけど」

「それは、ちょっと根が深いかもね。……もしもチャンスがあれば、その息子さんの話を探ってみようか？」

「え、いいんですか？　ありがとうございます！」

「だって浜野さん、最初から俺にそう頼もうとしてたでしょ。あ、忘れてた。最後に甘いものとか食べる？　胡麻団子がうまいよ、ここ」

「いただきます！」

「君、本当に正直だね」

関谷は笑いながら店員を呼び、マリのためにデザートを注文した。

第三章　石川町の張り込み

「芳江さん、石川町って、事務所を出て左に行くんですよね？」

帰り支度を終えたマリは、事務所に残っていた芳江に聞いてみた。ふだんは一七時には帰る芳江だが、今日は経理作業が溜まっているのだという。

「そうだけど、珍しいわね。マリちゃん、いつも日本大通りの駅から帰ってるんでしょ？」

「はい、でも、たまにはこの辺をふらふらしてから帰ろうかなって……」

実際、マリがこの横浜ポートシティ不動産に勤めてようやく二ヶ月になろうとしていたが、この辺りに友人がいないこともあり、仕事が終わったら日本大通り駅にまっすぐ向かい、自宅のある菊名に帰るのが常だった。ひとりで夕食を食べて帰る習慣もなく、節約のためにできるかぎり自炊をしていたという事情もある。

「マリちゃん、石川町に歩いて行くなら、元町のほうから行ったら？　どうせ行ったことないんでしょ」

「元町ですか？　みなとみらい線の終点ですよね」

「そうそう。歩くだけでも楽しいわよ。石川町にまっすぐ行くなら左に行けばいいけど、右に出て、横浜公園のほうに向かって中華街を抜けるの。マリちゃんの足なら一〇分も歩けば着くんじゃないかな。チャーミングセール中だったらもっと楽しいだろうけどね」

「チャーミングセール？」

マリは首を捻《ひね》る。ひどく昭和的なネーミングセンスだ。

「元町ショッピングストリート全体でやる、半期に一度の大セールなの。いつも売っているものがすごく安くなるんだから。半額以下もざらだし、それもキタムラのバッグとか、ブランドものまで安くなるの」

「そういう高そうなブランドも安くなるなんて、お得ですね」

「私が若いときには、家族全員で行ったわねぇ。ハマトラ全盛期だったから、すごい人出で。それで帰ってきたら戦利品を全部並べて、いくらで買ったか報告し合うの。『これがママの、これが私の、これがお姉ちゃんの』みたいに自慢して……」

経理作業に飽き飽きしていたのだろう、芳江のおしゃべりはなかなか止まらない。しかしマリは、そもそも「ハマトラ」がなんたるかもわからなかった。芳江のバーゲン談はおそらくバブル期の話なのだろうが、マリにとってそんな「買い物狂騒曲」などはテレビや映画の世界のことであり、共感できずに適当に相槌を打つ。

（このまま付き合っていたら、いつ出られるかわからないわ）

マリは芳江のおしゃべりがふっと途切れた瞬間に、「それじゃあ、お疲れさまです」とそそくさと声をかけ、急ぎ足で事務所を出て後ろ手でドアを閉めた。

ビルの入口を出たマリに、びゅうと強い風が吹き付けた。二月最後の夜の空気はすっかり冷え切っていて、マリはあわててコートの襟をかきあわせる。やっぱりマフラーをしてくれればよかった。少しずつではあるが日が長くなり、日中の日差しもなんとなく春めいてきたようで、雑誌では春服の特集が始まっている。だけど、まだ冬物のコートは手放せそうにないな……。マリはコートの襟元のボタンまできっちり閉め合わせると、芳江の言う通り右の道を進み、元町方面に歩き出した。

土地勘がまったくないマリは、薄暗い中で鋭い光を放つスマホのグーグルマップに頼りながら、どんどん先へ進んでいく。この前関谷と夕食をとった中華街にさしかかると、そこかしこからいい匂いが立ち上ってくる。マリはちらちらと左右の店を見遣りながら、にぎやかな街並みを通り過ぎると、大きな交差点に出た。目の前には、「ＭＯＴＯＭＡＣＨＩ」という看板が掲げられている。マリは中華街の出入口を示す門をくぐり、横断歩道を渡った。

芳江が薦めた元町ショッピングストリートとは、みなとみらい線の元町・中華街駅とＪＲ石川町駅の中間に位置する、六〇〇メートルほどの商店街である。商店街といっても、西洋風のブティックや小売店、飲食店が立ち並ぶファッショナブルなエリアで、一九七〇年代から八〇年代に流行した「ハマトラ＝横浜トラディショナル」の発祥地でもある。とくにフクゾーの洋服、ミハマの靴、キタムラのハンドバッグは、ハマトラファッションの「三種の神器」と称され、日本中の若い女性から圧倒的な支持を集めた。現在も約二三〇店舗が立ち並び、国内外から多くの観光客が訪れる横浜の人気スポットである。ちょうどマリの年頃の女性にも人気のあるブランドショップがたくさん存在するが、マリは休日は菊名の自宅にこもって一日中寝ているか都内で友人と遊ぶかというパターンが多く、このエリアを訪れたことはなかった。

（あ、あの雑貨屋さんかわいい！　ここは今度、お休みの日にちゃんと来ようっと。やっぱり春服も欲しいし……)

たくさんのカフェや雑貨屋やアパレルショップに後ろ髪を引かれながらも、マリは先を急ぐ。今日の目的地は、永田稼頭彦の住むというアパート「ふたば荘」である。ショッピングストリートを抜けて石川町駅の脇の高架下をくぐると、元町の洗練された雰囲気とは打って変わり、古びた建物が立ち並んでいた。さらに先へ進むと、大きな通りに出た。これが「地蔵坂」のようだ。マリはスマホの画面をチェックすると左に向き、坂をそのまま登っていった。三つめの路地に入ると、遠目に背広姿の関谷が立っているのが見えた。

(よかった、合ってた)

関谷に会釈をしながら近づく。今日は一応張り込みなのだから、余計な音は立てないほうがいい。しばらくここに立っていたらしい関谷は、マリよりも薄着であるにもかかわらず、あまり寒がってはいないように見える。

(そういえば、「営業のときに厚いコートをいちいち脱ぎ着するのは面倒だから」とか言ってたっけ)

マリはそんなことをぼんやり思い出しながら、これまたひどく古びた「ふたば荘」という看板を確認した。

「これほどのボロアパートとは思いませんでした」

マリは小声で関谷に話しかけた。あの豪邸にすむ一家の一人息子なのだから、君子が「古いアパート」というのもどうせ謙遜なのだろう、とタカをくくっていたのだが、どうやら君子は真実を話していたようだ。狭い間口のモルタル二階建ての建物は、典型的な「昔のアパート」といった有様である。薄暗い外灯に照らされた外階段は、すっかり錆《さ》びきっていて赤茶色に覆われ、もともとの塗装の色であるらしい緑が時折のぞいている。かつては真っ白であっただろう外壁は、暗闇の中でも、そこかしこが黒ずんでいるのがわかった。

「パッと見、廃屋ですよね、これ。取り壊す寸前みたいな雰囲気」

「それは言いすぎかもしれないけど、俺も驚いた。生活の匂いがあまりしないというか。多分住人が少ないせいなんだろうな。今住んでるのはその息子さんだけみたいだよ」

「え?」

「他の住人は、去年の春ごろ引っ越したらしい。その後は新しく賃借人を募集してないようだ。もしかしたら金蔵さんは、建て替えを考えていたのかもしれないな」

「こんなにボロかったら、募集したって無意味そうですもんね」

マリはあらためて目の前のふたば荘をまじまじと眺めて考え込んだ。

「ここは石川町の駅から徒歩五分圏内で立地は最高だから、ちょっとおしゃれなワンルームにリノベすれば、単身者向けアパートとして家賃を多少高めに設定してもすぐ埋まるだろうね。周辺の相場からすると、ここら辺は七万から八万ってところかな」

「そうなんですね。部屋が狭くても高いなら、一部屋を広くしたらもっと高くなるんじゃないですか?」

「それは違うんだな。このアパートは二階建てで、今の間取りだと一階に四戸、二階に四戸で計八戸。リフォームすれば一戸二〇平米で月八万円の家賃は堅い。すると八戸で月六四万円の売り上げになる。リノベに一〇〇〇万円かけたとしても、数年で回収できる。だけど壁を打ち抜いて二戸分を広い一戸にリフォームしたら、戸数が少なくなるだろ？　二倍の広さがあったとしても、家賃を二倍の一六万に設定してもなかなか借り手がつかない。そもそも、広い家を借りたいのはファミリー層だ。彼らは便利さより、少し離れていても子育ての環境が整っている地域を探す。駅近の物件は、やっぱり学生とか、浜野さんみたいな独身の人が好む。だからこそ、敢えてシングル向けで攻めるほうが、高く貸せるんだ」

「そうか、たしかに。借り手は自分の家賃だけ考えればいいけど、貸し手は全体の売り上げが大切ですものね」

「そう、家賃かける戸数。アパートという不動産の価値は、収益の最大化で決まる。収益を最大化するのに必要なのは、一にも二にもまず立地なんだ。立地が良ければ、投資リスクも減る。このアパートは駅から徒歩五分だし、このままにしておくのはもったいないな……」

関谷が残念そうな口ぶりでつぶやく。

「そうはいっても、まだ稼頭彦さんが……」

そう言いかけて、マリははたと気づいた。

「もし金蔵さんが建て替えを考えていたのだったら、稼頭彦さんを追い出すつもりだったのかな。引きこもりの息子に、『ここは壊すから出て行け』って言わなくちゃならないの、切なくないですか？」

「稼頭彦さんは、たしかもう一〇年以上住んでいるんだよね。そんなに長くなるとは、金蔵さんも思ってなかったんじゃないの？　まあ、他の住人が全部いなくなったのは一年前だから、その時点で稼頭彦さんにも出ていくように声をかけてたかもしれないけど」

「そういう話は、君子さんは言っていなかったけど、どうなんでしょうね」

「おい、お前ら、なにやってるんだ？」

不意に声がして、マリと関谷はぎょっとした。

「社長！」

横井である。マリはさっと関谷の顔を見たが、関谷はマリに向かって激しく首を振る。その心底驚いている様子から、関谷から今日の張り込みが漏れたわけではないということは明らかだった。

「稼頭彦の顔を見たい」というマリの頑固さに負けた関谷は、どういうコネを使ってか、稼頭彦の住むアパートを突き止めてくれた。「せめて稼頭彦の顔を見てみたい、ついでにどういうところに住んでいるかも」とゴネるマリに対し、関谷は「見たって仕方ないと思うけど」と言いながらも、張り込みに付き合ってくれることになったのである。

「その代わり、社長には言わないほうがいいよ。止めるだろうし、止められたって浜野さんは絶対に聞かないだろうし、平行線になるだけだから」

マリは関谷の懸念に納得して素直に従った。実のところ、永田邸から帰って以降、マリは横井に「稼頭彦さんと会うんですか？」とことあるごとに聞いているのだが、そのたびに横井は明確には答えず、言葉を濁すだけだった。おそらく、マリの知らないうちに稼頭彦と会うつもりだろう。マリは憤慨した。

（私だって、噂の引きこもりの息子を見てみたい！）

中華街で夕食をとって以降、マリは関谷と話す機会が増えていた。これまでは、関谷が外回りから帰ってきても、マリと話さないことが多かったが、最近は「あの件、どうなってる？」とおもしろがって聞いてくる。横井が「稼頭彦を見たい」というマリの切実な要望を無視し続けていることに対して、関谷に愚痴を漏らし続けた。そのうちに関谷が「稼頭彦さんの住んでいるらしいアパート、わかったかも」とこぼしたのを、マリは逃さなかった。関谷に詰め寄り、今日の張り込み（？）に至ったという次第である。

のちに関谷はマリにこう言った。

「いや、稼頭彦さんのアパートは、実はずっと目星がついてたんだよね。まあ、言うつもりはなかったんだけど、うっかり口がすべっちゃってさ」

「え、私が稼頭彦さんのアパートを知りたがっていたの、わかってましたよね。なんで隠してたんですか？」

「だって、絶対『見に行こう』ってなるだろ」

関谷が大きくため息をついたが、マリはそしらぬ顔である。

もちろんマリは、稼頭彦に会ってどうこうしようという気はなかった。話すなんてもってのほかで、ただただ「超お金持ちの息子なのに勘当された、三〇過ぎのヤバい奴」を見たいという純粋な好奇心からである。あんなにたおやかな雰囲気の君子の息子が、そんなに困ったちゃんというのも不思議であった。そこでこうして、関谷とふたりで仕事終わりに、稼頭彦のアパートの前で出待ちしてみよう、ひとめ様子を見たら帰ろう、ということになったのである。

しかし、現れたのは稼頭彦ではなく横井であった。関谷が慌てて尋ねた。

「社長、なんでこんなとこにいるんですか？」

「仕事だよ。そういう君は？」

「えー、ちょっと……」

横井にジロリと睨まれた関谷はしどろもどろである。新入りであるマリに気圧されて、とはとても言えないだろうし、マリをここまで連れ回していると思われても問題である。マリは助け舟を出すつもりで、急いで口を挟んだ。

「社長の仕事って、もしかして稼頭彦さんの件ですか？」

「まあ、そうだけどさ……」

横井はあきらめたように、オーバーなため息をついた。おそらく、なぜマリと関谷がこの場にいるのかをすでに察しているのだろう。

「うちになにか用ですか？」

突如として声をかけられ、マリは飛び上がった。三人が振り向くと、街の暗がりのなかでレジ袋を片手に下げた痩せた男が、じっとこっちを見ている。横井がすっと前に進み出て答えた。

「永田稼頭彦さんですよね。私、横井正です」

「ああ、電話してきた……」

稼頭彦らしい男はあからさまに顔をしかめた。マリは稼頭彦をしげしげと眺めた。ひょろっとしていて関谷よりもずっと背が高く、一八五センチはありそうだ。姿勢が悪く、濃いグレーのスウェットの上下に黒いダウンジャケットを着ていた。足元は一〇〇〇円もしなそうな安っぽいサンダルで、スニーカーソックスを履いているようだが、この肌寒さの中でひどく浮いているように思えた。

「電話でもお話ししましたが、永田君子さんからの依頼で、ちょっとお話ししたくて」

「電話で、別に話すことはないって言いましたよね。まさかこうやって三人で押しかけられるとは思ってなかった」

稼頭彦は不機嫌そうに三人を見回して、やがてあきらめたように言った。

「わかりましたよ、どこかの店に行きましょう。一回だけなら話を聞くから」

「本当ですか。ありがとうございます」

「でも、ちょっと待っててください。今帰ってきたばっかりだから、荷物を置いてくるんで」

稼頭彦は目の前のふたば荘の階段を上がり、一番奥の部屋に入っていった。稼頭彦の姿が見えなくなったのを確認して、マリが横井に息巻く。

「社長！　稼頭彦さんに電話してたんですね。教えてくれてもいいじゃないですか！」

「あんまり大声出すなよ。彼に会って話を聞くのは、俺ひとりで充分だったんだけどな……」

「でも、私たちがいてよかったですね！　『三人で来られたら迷惑』だって。私たちがいなかったら、稼頭彦さん、話を聞いてくれなかったかもしれないですよね？」

「あのな……」

得意満面のマリの笑みに、横井は開いた口がふさがらないといった調子でかぶりを振った。

「あ、出てきそうですよ」

稼頭彦の消えたドアのほうを見ていた関谷が言った。玄関の上の小さな窓の灯りが消えたようだ。その言葉通り、すぐに稼頭彦が現れた。先ほどとなにも変わらないいでたちである。どうやら、買い物してきた袋を置きにいっただけらしい。

（せめて、サンダルくらい履き替えたらいいのに……）

マリがそんなことを思っていると、「駅のほうで」と、ふたたびマリたちの前に現れた稼頭彦はぶっきらぼうに言った。先頭に立ってスタスタと歩く稼頭彦に、横井と関谷が続く。マリも急いで三人のあとを追った。

＊

稼頭彦が入ったのは、石川町の駅からほど近いチェーン店のカフェだった。日中は賑わっているのだろうが、二一時に近いこの時間の店内は閑散としている。

「ぼくが買っていきますね。みなさん、コーヒーでいいですか？」

稼頭彦が無言でうなずいたので、関谷をひとりレジに残し、横井は店の奥の四人席に向かった。横井が手前の椅子に手をかけて、稼頭彦に「奥へどうぞ」と指し示す。稼頭彦は答えずにシート席の奥に座り、その向かいに横井が腰掛けた。マリは自然と横井の横に座る。

（あれ、この配置だと、関谷さんが稼頭彦さんの隣になって、変かな？）

そんな考えがちらりとマリの頭をよぎったが、この時点で自分が稼頭彦の横に座るのも変だろう。案の定、小さなトレイにコーヒーを四つ載せて運んできた関谷は、自分の座る席が稼頭彦の隣であることに気づいて戸惑ったようだったが、コーヒーカップを配ると稼頭彦からできるかぎり離れるようにして、その隣に静かに腰かけた。

明るい場所に出ても、稼頭彦の印象はふたば荘の前で見たときとさほど変わらなかった。むしろ、同年代であろう関谷と並ぶことで、稼頭彦の地味さというか暗さが際立つように感じる。パリッとしたスーツを着ている関谷に比べ、俯《うつむ》いて膝の上でスマホをいじっている稼頭彦は、どう見てもフリーターあるいはニートのようである。顔が青白いのは肌の白い君子に似たのかもしれないが、ひどく不健康な印象を与える。黒いフレームのメガネをかけていて、髪の毛は染めておらず真っ黒。ワックスでセットしているらしいが、全体的にボサッとしていて、マリが思い描いたイメージ通りである。

「あらためて、私、横浜ポートシティ不動産の横井と申します。こっちのふたりはうちの社員です」

横井が名刺を渡しながら話しかけたが、稼頭彦は名刺を受け取ろうとするそぶりも見せず、相変わらずスマホをさわっている。横井は気にするふうでもなく、自分の名刺を稼頭彦の前に置くと、コーヒーをひとくちすすった。

（この人、なにしているんだろう？）

マリは稼頭彦のスマホの画面が気になったが、残念ながらマリの位置からは見えそうにない。いいや、あとで関谷さんに聞いてみよう。

「先ほどは、家の前でお帰りを待ってしまって、すみませんでした。でも、どうして我々が待っていたのが、稼頭彦さんだとわかったのですか？」

「だって、あんたら、うちのアパートを見ていろいろ話してたじゃないっすか。あのアパート、今は俺しか住んでないんだから、俺のとこに来たって簡単に想像つきますよ」

横井は「なるほど、そうですか」と返し、本題に入った。

「あの、お父さんが亡くなられたばかりでショックかと思いますが……」

「別にショックじゃないっすから」

稼頭彦が横井の言葉を鋭く遮り、マリはぎくっとした。その場の空気がぴしりと凍りついたようである。それほどまでに稼頭彦の口調はとげとげしかった。稼頭彦の横にいる関谷も、マリほど露骨ではないが、少なからずびっくりしたようだった。横井だけは顔色を変えず、いつものように淡々と続けた。

「お姉さんの次美さんから、遺産相続のことをどのくらい聞かれていますか？」

「だから、俺はなんにもいらないっすよ。姉貴にもそう言ったし、そう伝えてくれとも言ったけど。それだけですから」

「君子さんは、稼頭彦さんのことを心配しているみたいでしたよ」

稼頭彦の口元に冷笑が浮かんだ。

「もう大人ですからね、自分でやっていけます。親父の金なんかいらないっすよ」

普段のマリなら、ふたりの会話に思わず口を挟んでいたかもしれない。しかし稼頭彦の口調があまりにも憎々しげだったために、マリはすっかり萎縮してしまった。稼頭彦の隣の関谷は、流れで連れて来られたはいいものの、完全に部外者であり、ひどく居づらそうにしていた。

（自分の父親をこんなに憎むなんて、なんでだろう？）

「稼頭彦さんも相続人ですから、遺産を相続する権利が発生するんですが……」

「でも、いらないんだからそれでいいじゃないっすか？　上の姉貴とかも、俺なんかに金の分け前をやりたくないだろうし。あいつの取り分が増えるのは癪《しゃく》ですけどね、親父の金をもらうよりはよっぽどいい。親父の金は、あいつがもらうのがお似合いなんじゃないですかね」

「あいつ、とは、初美さんのことですか？」

「そうそう。親父と一緒で金の亡者で、ケチで性悪なんだから、親父の金を継承するのにぴったりでしょ」

「私たち、初美さんにもお会いしましたよ」

「四〇すぎの実家住まいの性格ブスの独身ババアなんて、終わってるよな」

稼頭彦が吐き捨てるように言った。

（三〇すぎの男が親にもらったアパートに住み続けてるっていうのも、終わってると思うけどね）

マリは心の中で毒づいた。自分の家族への呪詛《じゅそ》にまみれた目の前の男を、とても好きになれそうになかった。

「稼頭彦さんが住んでいるのは、金蔵さんの所有する物件だとお聞きしましたが……」

「別にこっちが頼んだわけじゃない。その気になればいつでも出て行けるよ。出ていく理由がないから住み続けてるだけだよ、あんなボロアパート」

（あのね、部屋を借りるにも引っ越しするにも結構なお金がかかること、この人知ってるのかしら？）

稼頭彦の「いつでも出ていける」という発言は、どう見ても虚勢のように感じられた。貯金もありそうにないし、君子の話によればまともな仕事にもついていないとのことだから、いくら三〇をすぎた大人といっても、自分で部屋を借りるのは現実問題として厳しいのではないだろうか。横井が稼頭彦に尋ねた。

「失礼ですが、アパートの家賃のお支払いは……」

「親父が持ってる物件だから、払ってない。大家が他人だったらちゃんと払ってるよ。俺が金を払って親父を潤すようなことはしたくないからな」

マリは心底呆れてしまった。もっともらしい理屈を並べたててはいるが、要は君子の温情でタダで住まわせてもらい、にもかかわらず「俺が住まわせてくれと頼んだわけじゃない」「いつだって出ていける」と息巻いているわけか。マリは君子の心労がわかった気がした。横井が続ける。

「あなたが相続権を放棄すると、それだけ控除額が減って、国に納める税金が増えてしまうことになります」

「そんなの、俺に関係ないっすよ。税金を払うのはお袋とか上の姉貴でしょ。あのドケチな姉貴が払う税金が増えるっていうんなら、かえって嬉しいっすね」

「家を出るきっかけは、お父さんと口論されたことだとお母さんはおっしゃっていましたが」

横井は稼頭彦の憎々しげなもの言いに臆することもなく、ぐいぐいと切り込んでいく。

(こんな人に対して、よく突っ込んでいけるな……。こういう場面、慣れてるのかな)

マリは横井に感心してしまった。

「そうですよ。俺に『引きこもってばかりいるなら、少しは仕事を手伝え、自分のあとを継いで地主になれ』って言うんです。『どうせお前なんて、高校も出ていないんだからまともな仕事なんてできるわけがない、だから俺の仕事を手伝わせてやる』って。ふざけんな、って思いましたよ。親父は地主だからってちやほやされていい気になってたみたいだけど、地主なんて守銭奴ですよ。みんなそう思ってるでしょ。そんな仕事を引き継げって、笑っちゃいますよ」

「稼頭彦さんは、地主に対して相当悪いイメージを抱かれているんですね」

「そりゃそうですよ。親父が地主なんてやってなかったら、俺は今みたいになってなかった」

「と、いいますと？」

稼頭彦は答えに詰まり、話しすぎたと思ったのか、ぐっと黙り込んでしまった。重い沈黙が立ち込めたが、それを破ったのは稼頭彦だった。

「どうせ、俺がこうなった原因も、おふくろから聞いているんでしょうけど。中学生のころ、地主の息子だからってたかられたんですよ。金持ちなんだから金持ってこいって。地元で有名な悪い先輩たちに、逆らえるわけないっしょ。だから親父とおふくろの財布から金を盗った。それがバレて、理由も聞かれずにいきなり殴られましたよ。その瞬間、こいつ本当にクソな奴なんだって、一気に冷めましたね」

（そんなことがあったなんて……）

マリは、稼頭彦が家を出て行ったときのことは君子から聞いていたが、この稼頭彦の話は、引きこもりになった当時のことなのであろう。そんな話は聞いていないし、おそらく横井も聞いていないはずである。

「それで、部屋から出ないようにしたんですね」

「ああ、先輩たちに金を払わなかったらどうなるかわからなかったし、学校だって大っ嫌いだったし。だったら部屋にいたほうが安全かなって。勉強もやる意味がわからなかったから、高校も行くつもりなかったし、実際に受験はしなかった。おふくろは担任と話して願書は出したみたいだけど、行かなかった。結局通信制の学校に入学させられたけど」

マリは、すこしだけ稼頭彦に同情した。怖い先輩に目をつけられて、どんなに心細かったことだろう。自分だって同じ立場にいれば、親の財布からお金を盗んでしまったかもしれない。稼頭彦を好きになれそうにはない気持ちに変わりはなかったが、見る目が少しずつ変わっていた。

「通信制の高校は、退学したと聞きました」

「どうせ普通にリーマンになるなんてのもバカバカしいし、高卒資格なんて持ってたって無意味っすよ」

稼頭彦はまた薄ら笑いを浮かべたが、マリはその自嘲的な笑みになんとなく心が痛んだ。たられぱの話は無駄であるが、君子の話によれば、小さいころは仲のいい家族だったという。稼頭彦が先輩たちからカモにされたのは不運で、それがなければ、なんの問題もなく高校・大学と進路を進み、稼頭彦のいう「普通のリーマン」になっていたのかもしれない。稼頭彦の発言には、自分目線の甘ったれたところがあるのは否めないとはいえ、この自分勝手な考えは、誰からも守ってもらえずにひとりで苦しみ続けてきた彼の、唯一の保身の手段なのかもしれない。横井は彼の言葉を肯定も否定もせずに淡々と続けた。

「今は、アルバイトをなさっているそうですね。お住まいのアパートのことですが、あれは金蔵さん名義の不動産ですから、金蔵さんが亡くなった以上、誰かが相続することになります。あるいは相続税を払うために処分することになるかもしれません。そうなると、あなたは出ていかなくてはならないかもしれません」

稼頭彦は黙り込んだ。その様子からは、その懸念をこれまで考えたことがあるのかどうかはわからなかった。

「君子さんは、そのことを心配されて、私に相談に来られたようです。君子さんは、ご家族全員に幸せになってもらいたいと考えています。あなたが幸せになるために相続を放棄するとわかれば、君子さんも納得するでしょう。ただ、それはあなたの口から、ちゃんと説明しないと伝わらないことだと思います」

稼頭彦は相変わらず黙ったままだ。稼頭彦の隣の関谷がコーヒーをひとくちすすった。

「金蔵さんの遺産をどう分けるかについて、今度、相続人が集まって遺産分割協議が行なわれます。稼頭彦さんが遺産はいらないのであれば、それはそれでいい。いらないものを無理に押し付けられても、幸せにはなれないでしょうから。そこで、どうでしょう。稼頭彦さんも遺産分割協議に来ていただいて、他のみなさんにその意思表明をなさっては？」

稼頭彦は答えなかった。マリは、横井が出席を強要しないことに驚いた。横井が稼頭彦と会う目的は、彼を協議に出席させることではなかったのだろうか。ここで稼頭彦が「協議に行かない」といえば、その機会はもう実現しないように思える。

「相続人って、次美も来んの？」

稼頭彦がポツリと尋ねた。

「ええ、呼ぶつもりです。それに初美さんと、もちろん君子さん。そして、金蔵さんのお姉さんがたですね」

「ああ、あの妖怪ババア……」

マリは思わず吹き出してしまった。稼頭彦が驚いたようにマリを見て、はじめてふたりの目がまともに合った。

「すみません、妖怪ババアって言い方が、なんだか……」

マリは慌てて弁明したが、稼頭彦は気分を害するふうでもなく、むしろ楽しげに言った。

「見たことないだろうけど、まじで妖怪ババアだよ。あんた、『千と千尋の神隠し』って映画見たことある？　見てくれが、あれに出てくる双子のババアそっくり。ずっと独身でふたりの世界って感じで、永田家の名前にしがみついて生きてる。信じらんねーわ」

「アメリカにいらっしゃる次美さんとは、よく連絡をとっているんですね」

横井が話題を変えた。

「まあ。次美はおふくろや上の姉貴みたいにうるさくないから」

（初美さんのことは「姉貴」って呼ぶのに、次美さんのことは呼び捨てなのね。仲良しだからかな……。君子さんの話によると、稼頭彦さんが家を出ていくとなったときにも、次美さんはかばったようだし）

マリは、まだ会ったことのない次美の姿を想像しようとした。稼頭彦は黙ったままである。そこへ店員がやってきた。

「お客さま、すみませんが、あと一〇分で閉店となりますので……」

「あ、わかりました」

関谷が愛想よく答える。マリは関谷の声を久しぶりに聞いた気がした。

「出ましょうか。遅くなってしまって申し訳ない」

横井が稼頭彦に声をかけて立ち上がる。マリも横井にならって席を立つ。稼頭彦も黙って立ち上がったが、テーブルの上に投げ出されたままだった横井の名刺を、スウェットのポケットに収めたのをマリは見逃さなかった。

関谷がトレイに空のコーヒーカップを載せて返却台に運び、四人は店を出た。店の前で、横井が稼頭彦に声をかけた。

「今日はありがとうございました」

「あの、今日、俺と会ったことや話の内容って、おふくろや姉貴に報告するんですか？」

稼頭彦の口調は相変わらずであったが、マリには、最初に出会ったときよりも態度が軟化しているように思えた。

「お会いして遺産分割協議のことを伝えたことは、依頼者である君子さんにお伝えしますけど、それ以外のお話はとくに報告する必要はないかと考えています」

「そう」

稼頭彦は安堵したようだった。君子や初美に伝えてほしくないと考えたのは、自分の中学校時代の暗い思い出のことだろうか。それとも、金蔵に対する憎しみに満ちた発言の数々だろうか。

「それでは、我々はこれで失礼します」

立ち去ろうとする横井を、稼頭彦は意外にも「ちょっと待って」と引き止めた。

「あのさ、これも俺が言ったたって言わないでほしいんだけど。あんたら、姉貴にも会ったんですよね？」

「初美さんですか？　ええ、君子さんのお宅で少しだけお会いしました」

「おふくろは、どうせ姉貴に頼ってるんですよね。それで『初美はしっかりしてるから』とか言って、今でもだまされてるんですよね。でもあいつだって、四〇歳で実家暮らしで、自立してないって意味じゃ、俺と同じだと思うんですよ。まあ、俺はあんな奴と一緒にされたくないし、今住んでるアパートもそのうち出ていきますよ。そのくらい、俺だってその気になればできますから」

（本当かしら？　……この人、なにが言いたいんだろう？）

マリは不審に思った。「今住んでいるアパートは、出ていかなければならないかもしれない」という事実が、稼頭彦にとっては相当ショックだったのだろうか？

「だから、俺はその気になればいつでも親父の物件から出ていけるけど、姉貴はどうかな、ってことですよ。普通に働いている四〇すぎの女が、家も出ずに実家でずっと暮らしてるなんて、それなりの理由があるんじゃないかなって話っすよね。あいつは昔からいい子ぶりっ子だから、みんなだまされるけど。俺ら三人の中でいちばん性格が悪いのは、あいつですからね」

稼頭彦は一気に話し終えると、くるりと振り返って暗い住宅地をずんずんと歩いていった。残されたマリと横井と関谷はその姿をしばらく見送っていたが、「帰るか」という横井の言葉で、三人は石川町駅のほうに向かって歩き始めた。

＊

「どこかに寄ろうか」と言い出したのは横井で、マリたちがたどり着いたのは、「グラン・カーヴ」というバーだった。おなかがぺこぺこだったマリはちょっとがっかりしたが、ドアを開けると料理のいい匂いが充満していてほっとした。どうやら、お酒だけではないようだ。

「適当に注文しておいてくれ」

テーブルにつくと、横井の言葉で関谷は店員を呼び、手早く注文した。

「ここ、よく来るんですか？　おいしそうですね」

「ああ、タコのブルゴーニュ風なんかすごくうまいよ。それにオムレツ。あと、サラダとか適当に頼んでおいた」

「嬉しい！」

マリは心の底から喜んだ。夕食も食べないまま稼頭彦のアパートで張り込み、カフェで話し合い、もう二二時をまわっている。

「それにしても、稼頭彦さんって苦労したみたいですね。金持ちの息子って目をつけられやすいから、大変だったんだろうな」

「なんか、最後に『家を出る』的なことを言っていましたが、そんなことできるんですかね？　あの人、フリーターでしょ？」

マリの疑問に横井が答えた。

「遺産をもらってそれを元手に、というのはあるかもしれないけどね、どうだろうな」

「そのことですけど……」

関谷が口を挟んだ。

「ちょっと小耳に挟んだんですけどね、彼、それなりの収入があるのかもしれないですよ」

「バイトで？」

「バイト先はゲームセンターらしいけど、正直、そっちの時給はそれほどじゃないだろうね。横井さん、eスポーツってわかります？」

「聞いたことはある」

「えーと、プロのゲーマーのやつですよね？」

マリはゲームのことはまったく詳しくなかったが、「eスポーツ」という名前自体は知っている。

「まあ、そんな感じかな。世界中の人とネットの世界で対戦ゲームをやって、それで勝ち上がると賞金がもらえるみたいで、スポーツみたいな感じなんですよ。オリンピックの種目にもなるみたいで」

「テニスプレーヤーがウィンブルドンとか全米とか全仏とか、世界中を回って試合するような感じか？」

「そうそう、俺もそれほど詳しくないんですけど、彼、それの選手みたいで」

「関谷さん、よくそんな話聞いてきましたね。どうやって知ったんですか？」

マリは驚いた。

「前にあのアパートの周りうろうろしてたら、あのアパートから人が出てきたから、これが稼頭彦さんかと思ってついて行ってみた。そしたら、石川町の近くのゲーセンに入ってバイトしてたから、あの辺に行くときは、そのゲーセン覗くようにしてたんだよね。そしたらお客さんと結構話してるみたいで、その会話の内容が聞こえちゃってさ」

「お前、仕事中にそんなことやってたのか」

横井が呆れたように言い、関谷はまずいと思ったのか口をつぐんだ。

「君子さんは、もちろん知らないですよね。というか、eスポーツをやっているからといって、成績がよくなかったら、ただのゲームオタクみたいなものでしょ」

「その可能性もあるけど、お客さんたちからはちょっとした有名人みたいだったからさ。中学生か高校生かの子たちが、『ここでeスポーツのすごい人が働いてる』って話してたの、見たよ」

「ふーん」

とはいえ、マリにはeスポーツなるものの実態がまったく想像できなかった。つまり、ゲーセンでバイトして、それ以外の時間は家にこもってゲーム三昧なのかしら？

「もしもeスポーツで有名人だったとしても、君子さんは余計に心配しそうですよね」

「まあ、いい歳した大人がゲームを生業とするというのは、あの人には理解できないかもしれないね」

「稼頭彦さんって、ぼくと同じ年くらいですよね。趣味を突き詰めて仕事にするっていうのも、すごいことだと思いますけどね」

関谷は意外にも稼頭彦肯定派のようである。

「僕だって、仕事は趣味みたいなもんだけどな」

「社長とはちょっと違う気がしますけど」

関谷が笑って言った。

「それより、最後の話、なんだったんでしょうね？」

「初美さんのことですか？　いい子ぶりっ子、って言ってましたよね。嫌いなんですかね」

マリには四歳離れた妹がひとりいる。そこまで仲良しだとは思わないが、もちろん仲が悪いこともなく、自分の兄弟姉妹のことをそんなに憎々しげに評する気持ちは理解できなかった。それと同様に、稼頭彦の父親に対する憎しみについても。

「だまされている、というのは穏やかじゃないですよね。稼頭彦さんの言う通り、初美さんはなぜずっと実家に暮らしているんでしょう？」

このマリの疑問については、横井はさほど気にならないようであった。

「まあ、あんな広い実家が勤務先の近くにあれば、家を出る理由はないだろうな」

「そりゃ、実家住まいだと家賃出費がないのは嬉しいけど、初美さんはもう結構なお給料をもらってるんでしょ。実家だと、デートとかもしにくいですよね」

「彼氏がいたら、とうに結婚するころじゃないのか。だから付き合っている恋人なんかいないんだろ」

「それなんですけど」

関谷がふたたび口を挟む。

「ぼく、この前初美さんが、男と歩いてるの見ちゃったんですよね」

「え！」

（あのヒステリックな人に、恋人？）

マリはこの前会ったばかりの初美の姿を思い出して心底驚いた。それと同時に、関谷の情報収集能力にも舌を巻いた。

「男と歩いてたって、友人とか仕事の同僚かもしれないだろ。それに恋人だったところで、なにも騒ぎ立てるほどのことじゃないし」

「いや、そういう感じじゃなかったですよ。それに、相手の男がちょっと微妙というか、初美さんとはタイプが違うっていうか……」

「どんな人だったんですか？」

「うーん、普通のリーマンって感じじゃなかった。多分すごい年下かな……。若いというか、だぼっとしたパーカーにカーゴパンツにニット帽みたいな、スケーターみたいな格好だったよ」

マリはその男を想像したが、教師みたいなコンサバな初美とは不釣り合いであろうことは容易に想像できた。横井が首を捻《ひね》る。

「君子さんは、なにも知らない感じだったな……」

「もしその男が恋人だったとしても、近々結婚、みたいな感じじゃなさそうですよね。初美さんが結婚するとしたら、その旦那さんはあの家に住むのかしら？　それとも、遺産でどこかの土地をもらって新居を建てるとか？　いいなぁ、もしも私が彼氏持ちで、遺産がバーンと入ったら、すぐに結婚して新婚旅行にもお金かけたいなー」

「まずは彼氏をつくるところからでしょ」

関谷がおもしろそうに言ったが、マリは無視した。

「結婚したい人がいて、いろいろ早く決めたいというのであれば、それはおめでたいんだが……」

気のせいか、横井の顔が曇ったようであるが、マリにはその理由はわからなかった。

「そういえば、稼頭彦さん、遺産分割協議に来ますかね？」

「どうだろうね。絶対に行かない、とは言っていなかったけど……」

「そうそう、そういえば双子のお義姉さんの話も出ましたけど、そもそもの話、相続の権利がない人を遺産分割協議に呼べるんですか？」

「いい質問だ。君子さんはよくわからずに『遺産分割協議』という言葉を使っているけれど、遺産分割協議は、必ず相続人全員が参加する必要があるんだ。そして、必ず結果を文書に残すことも義務付けられている。この場合の相続人は、君子さん、初美さん、次美さん、稼頭彦さんで、双子のお義姉さんたちは出席する必要はない。ただ、相続人である次美さんはアメリカに住んでいて、呼んですぐに来られるというわけじゃないし、稼頭彦くんは遺産はいらないというし、遺産分割協議の前にもっと話し合わなくてはいけないと思うね。そこに双子のお義姉さんも加わることを考えると、『親族会議』という感じだろうな。そこで『相続人全員』ではなく、『関係者全員』の意見を聞くわけだ。そして、誰と誰で遺産を分けるかが決まってから、あらためて相続する人だけで分割の仕方を協議する。この流れのほうが自然だろうな。それに、そのうちに遺言が見つかるかもしれないし」

「社長はやっぱり、遺言があると思っているんですね」

そこへ関谷が割って入った。

「あれだけの資産を持っている人が、遺言をなにも残さないほうが不自然だと思いますけど、公的な遺言を残していればすぐにわかるから、やっぱりないんじゃないですか？」

「公的でなくてもいいんだ。なにかしら彼の気持ちがわかるものがあれば……」

横井が遠くを見ながらぼそりと呟く。

「あと、さっき稼頭彦さんに、『相続を放棄したら、税金が高くなる』って言っていましたけど、それってどういうことですか？」

マリには、この点はまったくわかっていなかった。

「うん。遺産を相続するとその遺産に対して税金が発生するんだけど、『この額までは税金がかからない』という枠が決められていて、それを基礎控除というんだ。具体的には、一律控除の三〇〇〇万円に、法定相続人の数×六〇〇万円が加えられる。つまり、法定相続人が多ければ多いほど、控除額は増えるということだ」

マリは頭の中で必死にその式を描こうとした。関谷が口を挟んだ。

「この場合、相続人は君子さんと三人のお子さんの四人。この四人で相続すれば、控除額は『三〇〇〇万円＋（四人×六〇〇万円）＝五四〇〇万円』となる。これが一人減ると、控除も六〇〇万円減るから、四八〇〇万円になる。つまり、四人で相続するほうが、納める相続税が少なくて済むわけだ」

「遺産って、現金だけじゃなくて不動産も含むわけですよね。もちろんあの家も……」

マリはこの前行ったばかりの永田邸を思い浮かべた。広い土地に豪華な洋館。相当な価値のある物件のはずである。

「金蔵さんは、稼頭彦さんのアパートもだし、他にもたくさん土地や物件を持っていたからね。全部足すと、ものすごい税金がかかることになるだろうね」

関谷が言う。

「さっき、相続税のために物件を売るかも、と話していたのは、そういうことだったんですね。君子さんも『自宅を売らなければならないのでは』って、初めて会ったときに話してたけど……」

「その点は、国もちゃんと考えている。配偶者、つまり金蔵さんにとっての君子さんは、遺産の半分をもらう権利があると定められている。その割合を越えない限り税金はかからないという仕組みがあるんだ。これを配偶者控除という。さらに『小規模宅地等の特例』という制度もあって、その人が住んでいる家土地については、相続税がものすごく軽減される。だから君子さんの場合はおそらく、あの洋館は税金を払わなくても相続できるだろう」

（よかった！）

あの世間知らずな奥さまは、自宅を追い出されたらきっと生きてはいけないだろう。頼りにしている初美さんだって、スケーターの年下男？　と結婚するのかもしれないし。

「ただし、残りの二分の一に相続税がかかるから、現金を用意する必要があるんだ」

「それが、土地を売ってお金にするということですね？　でもたしか、金蔵さんの持っている借地は、すぐに売れない可能性が高いって税理士さんに言われたとか、君子さんが言ってたような……。だから不安だって……」

「借地というのは、地主四割、借りている人が六割の権利を持っている」

「え、借地人のほうが権利が多いんですか？」

「自分の土地でありながら、使うことができない。売ることはできるが。それなのに、相続税は権利を持つ四割分に対して評価される」

「なんか、納得いかないですね」

「そもそも『借地』『借家』っていうのが、『借りている』土地や家、つまり借り手の目線からの言葉だ。

だから地主は『貸家』『貸宅地』という言葉を使う」

「へえ、そうなんですね」

「相続するときにいざ地主が売りに出しても、借りている人がついてくるわけだから、買うほうも躊躇《ちゅうちょ》するし、そういう条件付きなら、と安く買い叩かれてしまうんだ。安くなるのには地代収入が少ないということもある。貸宅地はいってみれば収益不動産だから、稼ぐ地代が高ければその価値も高くなるが、現実には、固定資産税の三倍から五倍程度の収入しかないので、想像以上に評価が低くなり、不動産としての魅力は乏しい」

マリにもだんだん貸宅地が敬遠される理由がわかってきた。

「相続税は、被相続人が亡くなって一〇ヶ月以内に支払わなくてはならないんだ。けれどその間に、貸宅地が思うような値段で売れる可能性は、極めて低い」

「じゃあ、どうすればいいんですか？」

「一番いいのは、借りている人に買ってもらうことだよ。借りている人は、地価の四割の値段で買えることになるわけだ。そしてすべて自分のものにすることで、建て替えるときのローンも通りやすくなる。でも、それにはタイミングがある」

「建て替えるときってことですか？」

「まあ、建て替えるための資産と、意欲があるかということだね」

「意欲？」

「高齢の世帯で、貯蓄もないし建て替えるつもりもないような人の場合は、四割でも出せるはずがない。

でも、そういう人であったとしても、もしお孫さんが結婚してここに住むかもしれないとか、そういうことになったらまた話は別になるだろう。だから、地主は常に『こちらにはあなたに売るつもりがあります』あるいは『こちらが買ってもいいです』と常に発信しておくことが必要なんだ。もし気持ちがあったらいつでもご相談ください、と言っておかないと」

「買ってもらうのはわかりますけど、売ってもらうのってどうなんだろう。そもそも自分の土地なのに、その使用権を買うなんて、理不尽じゃないですか？」

「たしかにそうだ。本来は、借りるにあたって借地の権利金を支払っているからこそ六割の権利を主張できるんだが、この辺りの地主は歴史的な経緯もあって、口約束で貸している場合が多いんだ。まさに理不尽だね。それでも僕は、使えない貸宅地を持ち続けるよりも、買い上げて活用するほうがずっとましだと思っている。地代なんて、本当に微々たるもんなんだよ。借地人がいなくなれば土地の売買価格は上がるから、売って現金化することもできる。アパートやマンションを建てて、収益を上げることもできる。不動産は、常に価値の最大化を考えて動かないといけないんだ」

「『不動産価値の最大化』は、社長の口癖ですからね」

関谷が口を挟んでにやりと笑った。きっと、散々聞かされたことなのだろう。

「ただ、いきなり『相続するから売ってくれ』じゃ、向こうになんの用意もできてないから、うまくいくはずがない」

「ふうん。それで、金蔵さんの持っている借地……。あ、貸宅地の場合はどうなんですか？　この前、社長、君子さんの家で権利書とかをチェックしてましたよね」

「うん」

横井は黙り込んでしまったが、見かねて関谷が言った。

「小一時間でパッと見たくらいじゃわからないと思うよ」

「そうなんですね。それに、あのときは初美さんに追い出されちゃいましたしね。そもそも、権利書を見に行ったんじゃなくて、遺言を探しに行ったんでしたね」

「そう。遺言。それに尽きる」

そう言うと、横井は目をつぶってまた黙り込んだ。

第四章　三之谷の本家

稼頭彦と話してから数日後、事務所に君子から電話がかかってきた。受話器を取ったのはマリである。

「横井さんにアドバイスされて、親族会議を開くことになりました」

「それはよかったですね！」

遺産分割協議の前段階という「親族会議」については、マリはこの前横井からその会議について教えてもらったばかりである。横井はいつのまに君子にそんなことを話したのだろうと、マリは不思議に思った。

「今度の火曜日なんですけど、初美が午後、仕事を休んでくれて……。横井さんも、前にこの日のご都合を聞いてありましたので大丈夫かと思いますが、このことをお伝えいただけるかしら」

（もう、秘密主義なんだから！）

どうやら、この数日の間に、横井は君子と電話などで話していたのだろう。調査チームのメンバーとして、進捗を教えてくれてもいいのに。マリは内心憤慨しつつも、にこやかに君子に答えた。

「横井と浜野で参ります！　何時にお伺いいたしましょうか？」

「あの、うちではなくて、本家に……」

「え？」

「義姉たちが、『こういうことは本家に集まってやるものだから』って聞かないんです。それにあの人たち、ご高齢ですからほとんど家から出ないので、外に出るのが億劫《おっくう》みたいなんですね」

（あの双子にまた言いくるめられたのかしら。君子さん、その調子じゃ集まっても、言い負かされちゃうんじゃないかしら？）

マリの懸念を汲み取ったかのように、君子が続けた。

「横井さんや浜野さんが来てくださると、心強いわ。一三時にお越しくださいな。会議は一三時半からとなっておりますので」

「はい、ありがとうございます！　念のために、ご住所を教えていただけますか？」

マリは君子の言葉をメモして確認した。

「では火曜日に、横井と本家にお伺いいたしますね！」

今日、横井は出張である。マリは壁にかけられたホワイトボードの予定表の「火曜」の欄に、「永田家本家@三之谷」と大きく書き込んだ。

＊

三之谷にある永田一族の本家は、まさに「本家」と呼ぶにふさわしい、純和風の木造平屋である。御《み》影《かげ》石の門柱の先には大きな飛び石が連なっていて、その周りには玉砂利が一面に敷かれている。玄関にたどり着く少し前には、庭に通じる背の低い木戸があり、冬枯れした黄色い芝生と、よく手入れされた植栽の木立の先に、一面ガラス戸の長い縁側廊下が見えた。

マリは横井の横で、またしてもため息をつきながら、目の前の広々とした庭を眺めて言った。

「山手の永田家の庭も広かったけど、本家はスケールが違いますね。あっ、池もある！」

庭木戸から顔を突っ込んでいるマリを横井はたしなめた。

「おいおい、そんなところから覗くんじゃない。玄関にまわるぞ」

玄関の前には、すでに君子が立って二人を待っていた。

「よくおいでくださいました。こちらからどうぞ」

ガラガラと引き戸を開けると、玄関は二畳ほどもある広いたたきである。上がり框《かまち》はかなりの段差があり、その前に高さ二〇センチくらいの沓脱石《くつぬぎいし》が置かれていた。マリは横井がその石に上がって靴を脱ぎ、靴の向きを直して立ち上がるのを見て、自分もそれにならって靴を直した。

君子は二人を先導し、先ほど庭木戸から垣間見えた長い縁側廊下を歩いていく。

「すごく大きいおうちですね。お庭も広いし、お掃除とか大変でしょうね」

マリの感想に、君子は前を向いて歩きながら答える。

「お手伝いさんが二人いるのよ。植木の手入れとかは職人さんを入れますけど、日々の掃除はお手伝いさんが全部やってくれています」

左からは庭からの明るい陽射しが差し込んでくるが、右側の障子はすべて閉まったままだ。君子は廊下の突き当りまでくると、障子をあけてマリたちを招き入れた。

そこは、三〇畳はあろうかという畳の部屋であった。

（わあ、奥の奥まで続いてる！　ここで結婚式とかもできそう）

仕切りの襖《ふすま》を開け放ち、一〇畳ほどの部屋三つが連なっていた。その真ん中の部屋には、天井まである仏壇がある。その仏壇の前に、まるで二つの大きな山のようにして、恰幅《かっぷく》のよい二人の老婆が座っていた。

「お義姉さん、横井さんと浜野さんがいらっしゃいましたよ」

（これが、噂の双子の義姉か！）

マリは、稼頭彦がもらした「妖怪ババア」という言葉を思い出して笑いそうになったが、ぐっと堪《こら》えた。横井がすっと一歩前に出て正座したのを見て、マリも続く。

二人の老婆は、値踏みするような目で横井をじっと見つめていた。「恰幅のよい」というのはかなり婉曲な表現で、ふたりの老婆はでっぷりと太っていて、肉が座椅子に沈んでいるように見えた。八〇歳近くというからしかたがないが、顔はしわくちゃで頬が弛《たる》んでいる。小さなおちょぼ口がにやにやと締まりなく笑っているが、皺《しわ》の奥の小さな目は、獲物を狙う小動物のように鋭い。ふたりともダボっとしたカットソーを着ていて、右の老婆がベージュ、左の老婆がグレーと、色違いのようだった。

「横浜ポートシティ不動産の横井と申します。こちらは部下の浜野です。君子さんの御依頼で伺いました。本日はよろしくお願いいたします」

横井がそう挨拶をすると、二人の老婆も順に自己紹介をした。

「多満子《たまこ》です」

「寿美子《すみこ》です」

ベージュの服を着た多満子と名乗る老婆が、あごをしゃくって「こちらへ」と横井たちをうながした。

横井とマリは素直に立ち上がり、二人の老婆の斜め正面に座り直した。君子が言った。

「今、お茶をお持ちしますすね。初美ももうすぐ着くと連絡がありましたので」

「そう」

寿美子がにこりともしないでうなずいた。

(こりゃ、手強そうな相手だわ)

マリは老婆を観察した。その表情からは、なにを考えているのかまったく読めない。横井が君子に尋ねた。

「次美さんは、今回は来られないんですよね」

君子は悲しそうな顔でうつむいた。

「ええ、何度もアメリカから来られないので……」

「稼頭彦も来ないですしね」

ピシャリと切り捨てるように言ったのは、多満子のほうである。

「来るはずないでしょう。来ても絶対に入れませんよ、うちにはね」

寿美子がたたみかけるように言った。それを聞いて、マリはこの会議が永田家の本家で開かれる理由がわかったような気がした。

(そうか、稼頭彦さんを締め出したいのね、この二人は。山手の永田家に稼頭彦さんが来たら、このふたりに締め出す権利はないけれど、この家なら自分の家だから、たとえ稼頭彦さんが来ても追い出すこ

とができる、そういう算段なのかしら。まあ、この前の調子だと、稼頭彦さんは来ないだろうけど）

多満子がにやにやしながら言った。

「そうよねえ、寿美ちゃん。これまで家を出て好き放題やって、金蔵と君子さんに散々心配かけてきたんだもの。金蔵が死んで遺産だけもらおうなんて、ちょっと恥知らずよね」

「そうよねえ、多満ちゃん。父親が死んでもお葬式にも来なかったのに、相続の話し合いのときだけ来るなんて、ねえ」

「君子さんも大変ねえ。いえね、君子さんが悪いといっているのじゃないのよ。教育や躾《しつけ》というのは難しいものね。でも、稼頭彦にはちゃんと良識を教えてあげないとね」

「そうそう。いくら永田家の長男だからといって、遺産をもらう権利があるとも思えないしね」

ふたりの老婆がケタケタ笑うのを見て、マリはぞっとした。君子がじっとうつむいている。一卵性の双子なのだろう、声音までそっくり同じである。こんな調子でステレオでずっとケタケタやられていたのであれば、たまったもんじゃない。君子が立ち上がり、お茶を淹《い》れにいくのであろう、黙ったまますっと部屋を出た。君子の足音が遠ざかったころ、多満子が切り出した。

「横井さん、でしたかしら？」

「はい」

「不動産屋さんならご存じでしょうけど、永田家は代々三之谷から山手、本牧《ほんもく》にかけて、たくさんの土地を持ってきた地主なの。父が亡くなったとき、ちょうどバブルがはじけたころで、土地の相続については税金がバカ高くなって、かなりの土地を手放しました。でも本家は残した。私たちは生まれてからずっとここに住んでいます。金蔵は結婚したときに出ていったから、この先祖代々を祀った仏壇も含め、ここを守ってきたのは私たちなのよ」

「それは君子さんからもお聞きしています」

横井が答えると、二人の老婆は気を良くしたようだった。寿美子が微笑らしきものを浮かべながら言った。

「あら、君子さんはちゃんとわかってるのよね」

多満子も微笑んだが、マリにはその笑みは歪《ゆが》んでいるように見えた。

「金蔵はね、私たちにとってはいつまでもかわいい弟。金蔵は私たちに約束しているんですよ。ここの家屋敷と土地は私たちのものだって。それでよござんすね」

「そんな約束、したかどうかだって疑わしいけどね」

ピシャン！　と荒々しく障子を開けながらそう発言したのは初美である。マリはびっくりした。それまで初美がいる気配は感じられず、足音も聞こえなかった。

（この人、ずっと聞き耳を立てていたのかしら？）

続いて、お盆に湯呑みを載せた君子がおろおろした顔で部屋に入ってきた。

「初美、お行儀が悪いわよ。人の家に来て挨拶もしないで」

多満子と寿美子の表情が途端に不機嫌になったのがわかった。しかし初美はまったく意に介さないふうである。横井とマリには一瞥《いちべつ》もくれず、ズカズカと双子に近づいてふたりを見下ろした。

「私たちは父からそんな話は聞いてません。母も聞いてないのよ。遺言もないわ。だから、おばさんたちにあげるものは、なにもないんです！　相続人じゃないんだから。ねえ、横井さん、そうなんでしょ？」

初美は、そこで初めて横井とマリのほうに振り向き、横井をじっと見つめた。マリは、初美が横井を味方につけようとしていることに驚いた。

（この前初めて会ったときは、目の敵にしてたけど。君子さんとなにか話したのかしら？）

横井は穏やかに話し出した。

「金蔵さんの場合、配偶者、つまり君子さんと、お子さんの三人、この四人には法的に相続の権利があります。法律の原則からすれば、初美さんのおっしゃる通りですね」

「でも、金蔵は約束したのよ」

寿美子が苛立った様子で訴えた。

「どうだか。今となってはどんな口約束だってこしらえることができるわ。死人に口なしとはよく言ったものよね」

初美はそっぽを向いて言い捨てた。

「初美、口に気をつけなさい！」

さすがに君子がたしなめた。

「まあまあ」

横井が割って入り、その場にいる全員をぐるりと見渡して続けた。

「遺言がなかったとしても、相続する人全員が合意すれば、どのようにでも相続できます。もちろん、その立場や割合によって、相続税の発生のしかたは違ってきますが」

「ほらね。口約束でも相続できるのよ」

多満子の言葉にすぐさま初美が反論する。

「合意があればね。私は相続人ですけどね、絶対に合意しないわ。だからおばさんたちは、絶対にもらえないの！」

マリは初美の様子に頼もしさすら感じた。うちの社長に頼まずとも、この人に任せておけば、君子さんも遺産をとられることはないような気がする。腕を組んだ初美の姿からは、なにがあろうと一歩も譲らない姿勢が見て取れた。

「あら、初美ちゃん。そんなこと言っていいのかしら」

「そうそう、お母さんだって言ったでしょ。口に気をつけなさいって。本当に、口は災いのもとなのよ」

多満子と寿美子が目配せをしてにやにやと笑う。

「は？」

初美は怪訝《けげん》な顔でふたりの老婆を睨み返したが、寿美子の言葉を聞いた次の瞬間、その顔がさっと青ざめたのが傍目《はため》にもわかった。

「いえね、誰にでも、人には言えないような秘密があるものだからねえ」

ふっと沈黙が立ち込めた。マリは初美のことをじっと見つめていた。下唇をぎゅっと噛んでいるが、心なしかその唇が震えているようである。

(怒っているからかな、それとも……？)

その場の空気にまったくついてきていないのは、君子であった。寿美子の発言の意味をどうとらえたのか、それともよく聞いていなかったのか、君子が初美をとりなした。

「初美、まずは座りなさいな」

横井が場を仕切りなおすように話し始めた。

「最初に断っておきたいんですが、今日は相続人であるお子さん三人のうち、お二人が来られないということなので、正式な遺産分割協議の場ではありません。そこで、金蔵さんが遺された資産について、ここにいらっしゃる方のご意見を伺うための親族会議ということで、よろしいですね。今、多満子さんと寿美子さんのご意向はお聞きしました。お二人の御心配は、今まで通りこのご本家に住み続けられるかどうかということではないでしょうか。君子さんのお話では、この家屋はお二人の名義、土地は金蔵さんも含め、三人の名義だそうですね。金蔵さんの所有する分が、たとえお二人の名義にならなかったとしても、家がお二人のもので、さらに土地も三分の二を所有しているのですから、すぐに追い出されることはありません。また、君子さんたちにそんなお気持ちもないと思いますよ。君子さんは、金蔵さんの遺されたものについて、どのようにお考えですか？」

横井に水を向けられ、君子はおずおずと話し出した。

「私は……。私は、今の山手の家に住み続けられればそれで。あとは、税金がちゃんと払えて、生活費がなんとかなったら、他は子どもたちで分ければいいと……。お義姉さんたちには、もちろんこれまで通り、ここでお暮らしになっていただければ……」

多満子が笑顔で口を挟む。

「では、ここの土地は私たちのものでいいということですね」

「だけど、土地だけではちょっとねえ。私たちはもうこんな状態なんだもの。生活費だって不安だわ」

「そうよねえ、寿美ちゃん。相応のものはもらわないとね」

「そうよねえ、多満ちゃん。永田家を守ってきたんだから、そのくらいは当然よね。なにも贅沢《ぜいたく》をしようというんじゃないんだから」

「そうそう、私たちふたりがつつましく暮らすだけのものがあれば、ね」

「つつましく、ね。私たち、どこかの誰かと違って、なんの秘密もないものね」

初美の口元からギリッと鈍い音が聞こえた。おそらく歯軋《ぎし》りをしているのだろう。

「お母さんは、この家に住んでいいって言ってるだけ」

「では、初美さんのご意見もお聞きしましょう」

初美は待ってましたとばかりに居住まいを正し、ふたりの老婆にはいっさい目もくれず、横井だけに向かって話し始めた。

「私はとにかく、母にできるだけ遺産が渡るようにしたいんです。母はなにごとも父に頼って生きてきました。これからも今までと同じように、お金の心配をしないで穏やかに暮らしてほしい。だけど、父の遺産の多くが土地でしょ？　税金を支払うためにもある程度土地を処分しないといけないと思うの。それで現金化して持っていれば、母は老後も安心だと思う。土地を整理すれば、管理もしやすくなるでしょ？　母にはできないだろうから、それは私がやります」

「ご自分の相続については？」

「まあ、それは母の分の残りを子ども三人で分けるとして、その一人分を。でも、次美から聞いたんだけど、稼頭彦は相続放棄するって言っているらしいわね。それも妥当だと思うし、稼頭彦の分は、母のお世話をする人が相続することにすればいいんじゃないかと思います」

「お世話をするって、具体的にはどういうことでしょうか」

横井の質問に、初美が答えた。

「この場合は私になるでしょうね。ずっと一緒の家に暮らしてきたし。今は母は元気だけど、ゆくゆくは体が悪くなることもあるかもしれない。でも、私と住んでいれば安心でしょ。それに土地の管理をやる必要もあるわね。母はこういうのは苦手だから」

「たしかに初美さんは現在、君子さんと住んでいますね。次美さんはアメリカですから、お母さんをお世話したい気持ちがあっても、物理的に不可能でしょう。そうなると、初美さんがお子さんの分の三分の二を希望する、ということでしょうか」

「結果的にはそうなりますね。母はもうすぐ七〇歳で、これからなにがあるかわからないでしょ。介護が必要になるかもしれないし」

初美は努めて冷静に話そうとしているらしいが、語気がだんだん強まっていく。

「父が倒れたときだって、母はただおろおろするだけ。救急車を呼んだのも、入院の手続きも、お葬式の手配だって納骨だってなんだって、全部私がやりました。それは別にいいんですけど、母には私の手が必要だと思うんです」

マリはふっと、初美も双子の老婆も、さほど変わらないように感じた。できるかぎり金蔵の遺産をもらおうとしている、その点では初美も多満子も寿美子も同じである。初美のことを「金の亡者」と評したのは稼頭彦だったか。マリはなんとなくその言葉に納得してしまった。

　そこへ、君子がおずおずと口を開いた。

「初美、あなたは本当によくやってくれて、いつもそばにいてくれて、ありがとう。でも、稼頭彦の暮らしのことを思うと……」

「お母さん、稼頭彦ももう三〇すぎなのよ。子どもじゃないんだから。いつまでもそんな甘いことを言ってるから、あの子は自立できないのよ。お父さんが言ったみたいに、手を放してやったほうがあの子のためだと思う。まあ、今みたいにただで住むところを用意するくらいはいいと思うけど。住所がなければ就職もできないし、ホームレスになられても困るから」

「あら、金蔵は稼頭彦から家賃を取ってなかったの？」

　多満子の言葉に、初美が鋭く反応した。

「おばさんたちからだって、この家に住んでいるけれど、父は地代を取っていませんでしたよね。もしも私がこの家を相続したら、地代を要求したほうがいいかとも考えてますけど。これまでの分まで払えとは言わないですけどね」

　初美の言葉にふたりの老婆は激昂したようだった。

「この娘がこういうことを言い出すと見越して、金蔵は私たちにこの土地を譲ろうとしたのよね、寿美ちゃん」

「金蔵はわかっていたのよね。多満ちゃん」

「おばさんたちこそ、いい年して、まだお金が欲しいの？　これまでみたいに年金で暮らせばいいでしょ。

つつましくね」

「初美、やめなさい」

君子は今にも泣きそうな顔をしている。

「君子さん、さっきはああ言いましたけどね、躾《しつけ》とか教育はしっかりやっておかないとね」

「そうそう、それが親の務めよね。金蔵は事業のほうで忙しいんだから、家のことはあなたがしっかりやらないと」

君子は蛇ににらまれた蛙のように、泣き顔のままうつむいてしまった。

「言いたくありませんけどね。初美はお金に汚いし、年長者を敬わない。次美はこの一大事にアメリカで遊んでるし、稼頭彦は穀潰《ごくつぶ》し。やっぱり、永田家は私たちが守っていかないとねえ」

君子はうなだれて小さな声で呟くように言った。

「すみません」

「やめてよ、お母さん！　謝る必要なんて全然ないでしょ」

マリはいたたまれなくなった。もしかすると、君子は泣いているのかもしれない。

「みなさんのご意向は、よくわかりました。このままでは平行線ですし、次美さんも稼頭彦さんもいらっしゃらないなかでは、なにも決められません。今日のところはこれでお開きとしませんか？」

多満子と寿美子もくたびれたのだろう、黙ってうなずいた。初美はといえば、まだふたりの老婆をものすごい剣幕で睨《にら》みつけていたが、これ以上この場を続けても益がないと悟ったのか、立ち上がって君子に声をかけた。

「お母さん、帰るわよ」

君子も機械的に立ち上がり、ずんずんと先を歩く初美のあとを追った。部屋の出口で振り向き、かるく会釈をしたが、誰とも目を合わせなかった。

(考えてみれば、旦那さんを亡くしてやっと三ヶ月というところなのよね。こんな修羅場でボコボコにされたら、精神的におかしくなっちゃうのでは?)

「では、私たちもこれで」

と横井が腰を上げたそのとき、多満子が声をかけた。

「ちょっと待って」

「なにか?」

「まあ、お座りなさいな」

寿美子も続けた。

「横井さん、あなた、とても公平な目をお持ちね」

「はあ」

「私は、ちゃんと話が通じる人と話したいの。初美みたいに、ただ怒鳴り散らすだけの女は最低だし、君子さんのように頼りなくて、おろおろしているだけの女も嫌いなのよ」

「そうそう、人間ですからね、理性的に話し合いたいだけなのよねえ」

寿美子がどっこらしょ、と座卓に手をついて大きな体を立たせながら言った。そしてそばにあった三点杖をついて、仏壇のほうへとのろのろ歩いていき、大きな観音開きの扉を開いた。

（うわ、金ピカ！）

マリは目を見張った。畳一畳を縦にしたほどの大きな仏壇である。外側の漆塗《うるし》りの扉は、いいものだとはわかってもそれなりに古びていたが、その扉で守られている内側は、全面に貼られた金箔が光り輝いている。

寿美子は位牌《いはい》に一礼すると、一番下の引き出しの中から茶封筒を取り出し、扉を閉めて戻ってきた。

「あなたがおっしゃったように、私たちはお金が欲しいわけじゃないのよ。永田家の本家として、永田家の土地をしっかり守りたいだけ。私たちには、本家としてのプライドがある。この辺りの地主も、代替わりするとすぐに土地を切り売りして、あっという間に没落する。永田家は、そんなことにはならないようにしたいの」

「それに引き換え、初美は、ねえ」

寿美子が意味ありげな目つきをして多満子に同意を求める。

「あの子は甲斐甲斐しく母親の世話をしているフリをしているけど、実は、これよ」

多満子は茶封筒の中身を広げた。出てきたのは数十枚の写真だ。マリはひと目で、そこに写っている女性が初美だとわかった。

「この男の人は……」

「芸術家らしいですけどねえ」

寿美子がニヤニヤしながら、二人がホテルのロビーで仲睦《むつ》まじく寄り添っている写真を指差した。

（関谷さんが見たのも、この人かな？）

「君子さんから、初美がとにかく早く遺産を分けようと言っていると聞いていましたからね。これはなにかあるなと思って、調べさせたんですよ」

「そうしたら案の定、ね」

このふたりは初美のことを口にするとき、不味《まず》いものを吐き出すような物言いをする。マリは初美を好きなわけではなかったが、どうにも我慢できなかった。

「恋人がいるくらい、個人の自由じゃないですか？　別に不倫しているわけじゃないし」

「浜野くん、君が話すとややこしくなるから、ちょっと黙ってなさい」

語気を荒らげるマリを横井がたしなめるが、多満子は顔色一つ変えずに言った。

「不倫じゃないですよ。でも、お金には困ってるみたい」

「え？」

「この男、お金がないみたいよね」と寿美子が続ける。

「そもそも、初美よりだいぶ年下よね。こんな見てくれの男、ちゃんと仕事してるとは思えないし」

「とにかく、初美は遺産を男のために使うつもりなのよ」

ふたりの老婆はまた顔を見合わせてケタケタと笑った。マリはなんとなくおもしろくない気持ちになって、思わず老婆に尋ねた。

「証拠はあるんですか？」

多満子はフッと鼻で嗤う。

「これが証拠でしょ？　初美は君子に紹介していないのよ。話してすらない。不倫でもないのに。後ろめたいことがなければ、自分に恋人がいるって堂々と話すでしょう」

（たしかに……）

多満子の言うことには、一理あるように思えた。写真の初美は無防備な笑顔を浮かべていて、彼女のそんな表情を、マリはこれまでに見たことがない。

――あいつは昔からいい子ぶりっ子だから。

稼頭彦の言葉がマリの脳裏でリフレインする。横井がようやく口を開いた。

「父親が亡くなって、恋人のことを紹介するタイミングを失ってしまったんじゃないですか？　結婚を考えていたのなら、なおさらですよ。下手をすると、『遺産狙い』などと誤解されかねないし。まあ、お話は承りました。今後の参考にさせていただきますが、他の方にお見せにならないほうがよろしいかと。遺産相続で内紛が起きていることを外に知らせるような形になってしまいますので。永田家の家名を重んじられるお二人なわけですから、どうぞお気をつけて」

横井がそう釘を刺すと、多満子も寿美子も黙ってしまった。

「では、今度こそ失礼しますね」

横井は再び立ち上がり、マリを伴って老婆の住む家を後にした。

＊

二人がオフィスに戻ると、出勤日で留守番をしてくれていた芳江が「おかえりなさい」とのんきな声をかけてきた。マリはなんとなくほっとして「ただいま戻りました」と元気に返事を返した。

「永田さんの本家ってどうだった？　私、見たことないのよね」

「双子のお婆さんがいましたよ。そっくりでした。気持ち悪いくらいそっくりで、生き写しでした」

マリが笑いながら答える。そこへ入ってきたのは関谷だった。

「関谷さん、珍しいですね。この時間に事務所」

「打ち合わせがリスケになっちゃって、次の打ち合わせまで時間があるから、喫茶店で時間をつぶすのも微妙でさ」

関谷がジャケットをハンガーにかけながら答えた。

「今、永田さんの本家に行ってきたんですよ」

「そうか、今日だったっけ。どうだった？」

「すご一く大きな和風の平屋。玄関まで遠くて、長い廊下があって、お部屋も三部屋打ち抜きみたいな大広間で。仏壇もドーン！　って感じで、金ピカで圧倒されちゃいました」

「家の前は通ったことがあるけど。二人だけで住んでいるんだよね。家のメンテはできてる感じだった？」

「庭がすごい広くて、お婆さん二人で住んでるっていうからもっと荒れてるかと思ったら、すごくきれいでした。お手伝いさんが二人いて、なんでもやってくれてるみたい」

「あれだけの家と庭をきれいに保っているのはすごいな」

そこへ、クラブを磨いていた横井も会話に加わってきた。

「植木屋もちゃんと定期的に入れているそうだよ」

「さすがですね」

関谷の興味は、もっぱら土地家屋のメンテナンスにあるようだ。芳江はといえば、住人のほうが気になるらしい。

「で、親族会議の行方は？」

「もう、修羅場も修羅場でしたよ。初美さんと双子のお義姉さんがやりあって、取っ組み合いのケンカになりそうでした。君子さんは『あんたの育て方が悪い』みたいなことを言われて、かわいそうでした」

「そのお義姉さんたち、独身なんでしょう？　子育ての大変さなんて、わかるはずないじゃないの」

そう言って憤慨する芳江にも子どもがいて、中学生と高校生だと聞いている。そのせいか君子の立場に一番共感するようだった。

「稼頭彦さんは、中学生のときに引きこもりになったみたいですよ」

「難しい年頃よね。親として関わりたいけど、子どもからはウザがられるし。でも、ＳＯＳはちゃんと汲み取ってあげなきゃいけないし」

芳江は自分の子どものことを重ね合わせているのか、ふんふんとしきりにうなずく。

「君子さん、最後は泣きそうでしたよ」

「あの土地はお義姉さんたちのものになるの？」

「ううん、初美さんがすごい剣幕で、『私、絶対合意しないわ。だからおばさんたち、絶対にもらえないの』って言い切りました」

マリは早口の高い声で怒鳴りまくる初美の声色を真似て説明する。その口調があまりに似ているので、横井も思わずクスッと笑った。

「社長、このあと、一体どうするんですか？　初美さんにもいろいろあることがわかったし」

「いろいろって？　ねえ、なにが？」

芳江はますます前のめりだが、横井はその「いろいろ」を慎重に避けて話を進める。

「初美さんは、稼頭彦くんの相続放棄を前提に話していたね」

「そうそう、内田さん、聞いてよ！　初美さんはね、『その分は、母のお世話をする人が相続することにすれば？』って言うのよ。自分が母親に代わって土地の管理はするって言ったすぐあとに。だから、稼頭彦さんの分を全部もらおうとしているのね」

「へえ、ちゃっかりしてるわね」

「初美さんの気持ちはわからないでもない」

横井が口を挟んだ。

「金蔵さんが倒れたときの対処や葬儀のことなどは、本当に大変だったと思うよ。初美さんは初美さんで、君子さんを守ってきたという自負があるんだろう」

関谷が尋ねた。

「介護への寄与分、という形は取れますかね」

「それは無理だろう。寄与分は、親の家業を無給で手伝っていたり、療養介護を献身的に続けていたりした人に認められる。金蔵さんは倒れるまではお元気だったようだし、君子さんも別段介護や医療が必要な生活はしていないからね」

「そうなると、あとは二次相続を視野に入れて考える方向か」

関谷と横井の会話に、マリはついていけなくなってきた。

「二次相続ってなんですか？」

「一次相続のときの配偶者が亡くなったとき、子世代が改めて親の遺産を相続することを『二次相続』っていうんだよ」

関谷の簡単な説明だけではわからないと思った横井が、ホワイトボードに図を描いて解説を始めた。

「今回、金蔵さんの遺産の二分の一を君子さんが相続するとする。これが一次相続。残りを三分の一ずつ子どもが相続すると仮定する。これも一次相続。ここまではいいね」

「はい」

「で、ここからは、君子さんにはちょっと失礼になる話ではあるんだが。年の順からいくと、次に君子さんが亡くなると想定される。君子さんの遺産も子ども三人で相続するけれど、その中には当然、君子さんが金蔵さんから相続した分も含まれる」

「そうなりますよね」

「子どもたちにとって、金蔵さんの遺産を相続するのが、君子さんを通して間接的とはいえ二回目となる。これを二次相続というんだ」

「それのどこが問題なんですか？」

「一次相続のときと異なり、君子さんには配偶者がいないから、配偶者控除はない。君子さん自身の財産は別にしても、金蔵さんから相続した遺産について、一次相続では控除された相続税を、結局子どもたちが支払うことになるんだ」

「家族全体の資産として考えると、父から母へ、母から子へ、所有権が変わるたびに税金を払わされるってことですか？　なんか納得いかない話ですね」

「そこで、場合によっては最初の相続のときに、配偶者への一次相続額をある程度抑えて一気に子どもが相続してしまったほうが、最終的な納税額が安くなることもある」

「永田家は、自宅の他にたくさん土地があるから、まさにそのケースじゃないですか？」

関谷の声に、横井はうなずいた。

「でも、初美さんは、できるだけお母さんの分を多くしたいって言ってましたよね。それだと、あとからまた税金を取られちゃうかもしれないってこと？」

「そうだね。家族全体の負担を考えたら、稼頭彦くんも含め、子ども三人に手厚く分けたほうが、実質的な相続額が目減りしないかもしれない」

芳江が首を傾げた。

「初美さんっていう人は、自分の取り分を増やそうとしているんでしょ？　どうしてお母さまの分をあえて増やしたいのかしら？」

マリはハッと気がついた。

「あの人、遺産を独り占めしようとしているんじゃないかしら？　自分の分、稼頭彦さんの分だけじゃなく、君子さんの分も。取り分はできるだけ多く、現金にしてっていうのも、いろいろ理由をつけて、君子さんからお金を引き出すつもりじゃないかしら。だってあの人……」

「浜野くん」

横井の声でマリは（いけない！）と口をつぐんだ。初美の恋人のことはトップシークレットだ。横井が話題を変えた。

「まあ、それは次の機会に、初美さんにちゃんと聞いてみよう。それより、次美さんの気持ちがまったくわからないままでは、なにも進まないな」

「でも、アメリカでしょ？　お葬式にも来られなかったんですものね」

マリの言葉を聞いて、芳江は同情に堪えない。

「ああ、コロナだったからね。お気の毒。私も知り合いのお葬式に行かれなかったから、わかるわ」

「次美さんは、ご家族との関係は良好みたいだからね」

そう言って横井は自分のパソコンの電源を切った。「今日の仕事はおしまい」の合図である。

「コロナでの規制もようやく緩和されてきたし、一度は絶対に戻ってきてもらいたいな。しかしそれまでに一度、話を聞いておきたい」

横井はそう言って、オフィススペースを出て行った。いつものようにグラスの鳴る音が聞こえる。芳江も自分の仕事に戻り、マリはしばらくぼうっとしていたが、ふと我に返って関谷に頼まれていた資料の整理にとりかかった。

第五章　ニューヨークとの通信

　ニューヨークはアメリカの東海岸にあるため、日本との時差は一四時間で、日本のほうが早く一日が始まる。マリは、三之谷での会合のあったあの日、横井が「次美から話を聞いておきたい」と呟くように言ったから、おそらく横井は次美とふたりで、電話かオンラインで話す機会を設けるだろう、そしてその時間は、ニューヨークとの時差を考えると、日本時間の朝がニューヨーク時間の夜に当たるので、日本の早朝になるのではないか。ネットで調べると、日本時間の朝七時が、ニューヨークでは一七時。次美は小さい子どもがいるというから、夕方は夕食のしたくなどで忙しいだろう。とすると、夕食後の時間あたりが横井と話すベストタイミングではないだろうか……。そう考えたマリは、ここ一週間ほどいつもより二時間早く起き、通常は九時半に出社するところを、大事をとって七時半には会社に出るようにした。低血圧で朝に弱いマリにとっては、相当な努力を要することである。その甲斐あってか、そしてマリの推理（勘？）は当たった。

　横井の出社時間は、基本的に朝七時である。マリが七時半に出社するようになった最初の日、横井は驚いて言った。

「どうかしたのか。いつもは定時少し前に出社するのに」

　マリは適当に笑ってごまかしたが、横井が小さくため息をついたのを見逃さなかった。そしてその日はやってきた。マリが七時半に「おはようございまーす！」と元気よく出社したとき、横井はいつものように凄まじい勢いでパソコンのキーボードを叩いていた。それが八時一五分を過ぎるころ、のっそりと立ち上がってノートパソコンを持ち、応接室エリアに向かったのである。マリがじっと見ていると、横井はバーカウンターに座ってパソコンを開いた。

「社長！　もしかして、次美さんと打ち合わせですか？」

横井はまたため息をついてうなずいた。おそらく、マリの最近の出社時刻を見て、彼女の思惑を見抜いていたのだろう。マリは、一応邪魔をしないような姿勢をアピールすべく、横井の後ろの少し離れた位置に来客用の椅子を引きずってきて、ちょこんと座って待機した。そのうちに、横井はZｏｏｍを起動した。しばらくすると「Tsugumi Hasegawa が入室しました」という表示が現れ、横井は「許可」をクリックした。

「はじめまして、横井と申します」

「こんばんは。こちらは今、夜の六時半なので。長谷川次美です」

液晶画面の中にいるのは、小麦色に日焼けした朗らかそうな女性である。髪は長く、茶色に染めているようだ。目鼻立ちをくっきりさせたメイクがアメリカらしいような気がする。声音はきはきとして明るく、姉の初美の持つ雰囲気とは対照的で、マリは好感を抱いた。

「横井さんのことは、母から聞いています。それと稼頭彦からも」

「次美さんは稼頭彦さんとよく連絡を取っていらっしゃるそうですね」

「ええ、まあ。歳が近いので」

「三歳違いですね。初美さんとは……五歳違いになるのでしょうか」

「そうですね。だから姉と弟は、八歳も離れているんです」

「お父様のことは、本当にご愁傷さまでした」

「ありがとうございます。コロナのせいでお葬式も行けなかったので、実は、まだ父が死んだという実感もないんです」

「この前、本家で行われた親族会議のことは聞かれましたか？」

「はい。また伯母たちにいろいろ言われたみたいですね。伯母たちは、なにかにつけて母を詰めてきました。お正月とか法要とかで本家に行くときは、もう、母は前の日から暗くなっていましたね。いつも上から目線だし、『本家の嫁なのに』『本家の嫁失格』が口癖で。母は言い返せない性分だから、黙ってやり込められるだけ。本家から帰ってきて、寝込んでしまったこともありました」

（昔からあの繰り返しだったのか……）

マリは君子に同情した。そして同時に、それでも耐え忍んできた君子のことを強い人だと思った。

「この前は、初美さんもいらしてくださいました」

次美はうなずく。

「母の代わりに、姉がやり合ったらしいですね。姉は気が強いでしょう。昔からあんな感じなんですよ。これは絶対に言えないけど、もしかすると姉は伯母さんと似ているのかも。どっちも絶対に引かないし、頑固ですから」

次美はおかしそうに笑った。マリはあらためて、この明るい女性を素敵な人だと思った。横井は肯定も否定もせずに次美に話しかける。

「次美さんは相続について、どうお考えですか?」

「私、面倒なことあんまり得意じゃないんです。遺産の分け方とか本家の土地とか、結構どうでもいいと思ってて。遺産をもらえたら嬉しくないわけじゃないですけど、なくても十分にやっていけるし。細かいことは全然わかりませんが、伯母さんたちが本家の土地をそんなに欲しがっているなら、あげちゃってもいいんじゃないですか? 今後、母がことあるごとに『あんたがケチだから』とか『恩知らず』とか伯母たちになじられるかと思うと、そのほうが母のストレスになりそうです。できれば、『土地はあげるから、今後は私たちにいっさい関わらないで』くらい言えたらいいですよね。まあ、税金のこととか、いろいろあるでしょうからお任せしますけど。すべてそっちで決めてもらっていいので、私はその通りに従います」

次美はペラペラと話し続ける。そのあっけらかんとした様子から、マリはこの人が本当に初美と姉妹なのか訝《いぶか》しく思った。そして、神経質そうな稼頭彦とも似ていないような気がする。

「金蔵さんがアメリカに不動産を持っていることは、生前からご存じでしたか?」

「いいえ。亡くなってから、母の話で初めて知りました」

「それでは、その物件のことで、生前の金蔵さんと連絡を取り合ったことはなかったわけですね」

「はい。父が不動産を買ったのは、私たちが移住してからですよね? 移住してから、父と直接話したことはないかもしれません。娘の写真を、父と母のふたりにあててメールで送っていますけど、とくに返信もないですし。まだ日本にいるときですが、ニューヨークに行くって決まったころ、『どの辺りに住むんだ？』とか『この辺の治安はいいのか？』とかを聞かれたけど、そのくらいですかね」

それから次美はじっと考え込んだが、結局首を横に振った。

「わかりました。次美さんは、このアメリカの不動産の相続を希望されますか？」

横井が尋ねると、次美はまた考え込んだあとに答えた。

「そこまで欲しいということじゃありませんけど、相続するなら、このアメリカの土地がいいのかしら。さっきも言いましたけど、そちらにお任せします。希望というか、他のものをいただくよりは、ということで、なければないでかまいません。それより……」

マリは思わず身を乗り出したが、心なしか横井の体もぴくりと動いたように思えた。

「それより？」

「これを機会に、稼頭彦のことをちゃんと区切りをつけてあげたいなという思いが強いです」

そこでマリは反射的に立ち上がってしまった。パソコンのモニタ上の横井が映っているはしっこに、自分の姿が映り込んだのが見えた。

「あ、もしかすると浜野さんもいらっしゃるんですか？　いつも母の味方になってくれるという……」

モニタの中の横井が一瞬顔をしかめたようだが、マリにとっては次美と対峙するチャンスである。横井の横にしっかり陣取って、マリはあらためて次美に挨拶をした。

「いえいえ、こちらこそ、お母さまにはいつもお世話になっております！」

そしてマリは、自分の座っていた椅子を移動させ、横井の隣に陣取った。横井はあきらめているのか止めもせず、マリの顔も映るようにパソコンのカメラの位置を少しずらしてくれた。

「さて、稼頭彦さんのことですが、我々がお話ししたところ、遺産相続を放棄したいとのことでした。そのことについて彼からなにか聞いていますか？　君子さんは、そのことをとても心配されているようですね」

その言葉に、次美は顔を歪めた。

（やっぱり稼頭彦さんだって、遺産を相続したほうがいいはずよね）

マリはそう考えたが、次美の口から出てきた言葉は意外なものだった。

「弟は、みんなが思っているほど無能じゃないですよ」

「といいますと？」

「父の遺産が入らなくても、母が心配するようにはならないと思っています」

「あの、ちょっとだけ聞いたんですけど、稼頭彦さんは、プロのゲーマーなんですか？」

マリが会話に入る。

「あら、稼頭彦からそれも聞いたんですね。そうなんです、頑張っているみたいです」

横井とマリは、関谷からそのことを聞いただけだ。しかし勘違いした次美は、そのまま話を続ける。

「浜野さんみたいに若いかたには、それがちゃんとした職業ってすぐにわかってもらえるんでしょうね。特に母みたいな年代の人にはなかなか理解してもらえないけど。私、母に説明したこともあるんですよ、でも、『ゲームでプロなんてわけのわからないこと言われても』みたいな感じで、母にとってあの子は、いつまでたっても中学生の引きこもりの息子なんでしょうね。ゲームにのめり込んでいるというのは、ただの遊びの延長だとしかイメージできないいんです。母に悪気はないと思いますけど」

「実は、私自身もよく知らない業界のことなのですが、ｅスポーツというのは、どのくらいの収入になるものなのでしょうか？」

横井が尋ねると、次美も首を傾げた。

「ごめんなさい、私もそこまでは聞いてないんです。サラリーマンみたいに毎月同じ給料をもらえるというわけじゃないのはたしかですけど。だからゲームセンターでアルバイトしているんでしょうね。まあ、あの子のｅスポーツの腕というか実績がどのくらいかも知りませんが、それ一本で食べていけるわけじゃなさそうです」

マリは、アメリカにいる次美が稼頭彦の現状をしっかり把握していることに驚いた。

「次美さんは、稼頭彦さんと仲がいいというか、結構やりとりされているんですね」

「まあ、家族の中で弟と話すのは、私くらいだと思います。父も母も姉も、彼の良さをちゃんと評価してくれれば、評価するまでいかなくても否定しなければ、多分こんなことにはならなかったの。父は頭ごなしに怒るだけだし、母だって弟のことが心配だ心配だって言うけど、弟のことをちゃんと見ていなかったような気がするので」

「え？」

横井とマリの驚きの声が思わずシンクロする。横井が質問した。

「どういうことですか？　君子さんは、稼頭彦さんのことを心配していて、ちゃんと彼に向き合おうとしているように思えましたが……」

「カズが、弟が引きこもりになったのは、中学一年生のときです。同級生からいじめられて」

「私たちには、当時の悪い先輩にたかられた、みたいなことを言っていましたけど……」

今度はマリが首をかしげる番である。

「弟があなたたちに自分の過去のことを話したというのには驚いたのですが、全部は言わなかったんですね。それもありましたが、最初は同級生からいろいろ言われたのがきっかけでした。でも、稼頭彦は誰にも言えなかったんですよね。そりゃ、いじめられているなんて先生や親になんて言えないし、自分でもそう思いたいですよね。私は友達の妹が稼頭彦と同じクラスだったので、その子づてに稼頭彦がそういう立場にあることを知って、稼頭彦に聞いてみました。でも、『単にいじられているだけだ』って。それで『お前んち金持ちなんだから、ジュース買ってこい』みたいになって、それがエスカレートしたみたいですね」

次美は悲しそうにため息をついた。

「その空気が周囲に広がって、先輩にも目をつけられたんじゃないかと思います。それで親の財布からお金をとって、父と母にバレて、もう泥沼ですよ。しかたないことかもしれないけど、父はものすごく怒りました。なにも聞かずに稼頭彦を殴ったんです。稼頭彦が中二から中三になるころだったかな。だから稼頭彦は、中二のときから一年以上、周囲からのいじめみたいないじりに耐えたんですよ。それを誰にも相談できなくて、お金を盗んで、でもそれってそこまで怒られることかなって思うんです。私はなんとなく気づいていたけど、稼頭彦がそこまで苦しい状態だなんて思わなくて、でも私が思う以上に、事態は深刻だったんですよね。稼頭彦はそのまま部屋から出なくなったけど、父は稼頭彦に関わろうとしないで、母に任せっきりでした。でも母は、稼頭彦にびくびくするだけで、ごはんを持っていくだけ。

私、いつだったか夜に父と母が稼頭彦のことを話しているのを聞いたことがあるんですが、父は『あいつはもうダメだ、どうしようもない』みたいなことを言っていました。でも、稼頭彦の話を聞こうともしないで勝手にダメな奴みたいに決めつけて、私には父の考えが全然わかりません」

次美はそのときの憤りを思い出したのか、声を荒らげている。

「君子さんは、それに対してなんと答えたんですか？」

「覚えていないけど、父に異を唱えることはしなかったでしょうね。あの性格ですから」

マリは内心大きくうなずいた。永田家でそんなに強い力を持つ金蔵に対し、君子が反論するとはとても思えない。

「それに、母を悪く言うつもりじゃないけど、実は母が弟の側に立つようになったのは、稼頭彦が家を出てからなんですよ」

マリは一瞬、その言葉の意味が摑めなかった。

「不登校というか引きこもりになって以来、母はたびたび、ドア越しにですけど弟に懇願していました。お願いだから学校だけは行って、お父さんやお義姉さんだけじゃない、みんながどう思うか、って。みんなって、ようはご近所さんとか世間のみなさま、ってことでしょう？　つまり、世間体が心配なんですよ」

「それが、稼頭彦くんが家を出てから変わったと？」

横井の口調は相変わらず冷静で、感情はうかがえなかった。

「稼頭彦は二〇歳のとき、父と大ゲンカして家を出ていったんですが、そのときの言い争いで、稼頭彦は初めていじめの原因を言ったんです。『こんな家に生まれるんじゃなかった、金持ちだからっていじられてたかられて、そんなの俺のせいじゃない、この家に生まれてなかったらこんなふうにならなかった』って。私もその言葉を聞いて、やっと稼頭彦がどんな扱いを受けてきたのかが見えた気がしたんです。父も母もショックだったと思います」

「それじゃ、君子さんも金蔵さんも、稼頭彦さんが中学生のころに財布からお金を盗んだ原因を知らなかったということですか？」

次美はうなずいた。

「稼頭彦はそれまで、いじめみたいなものを受けていたとは、父や母に言いませんでした。私は友人経由でなんとなく知っていたけど、稼頭彦が言いたがらないことを勝手に言うのは嫌でしたし……」

（そうかな。次美さんからでも、稼頭彦さんがお金を盗んだ理由を伝えたほうが、金蔵さんや君子さんの対応も違っていたんじゃ……？）

マリはそう思ったが、もちろん口には出さなかった。

「稼頭彦は、心の中にあるものをパッと言えないタイプの人間です。それが初めて大爆発したから、母はすごく反省したみたいで、自分がもっとちゃんと聞いてあげればよかったって言うようになりました。だから父に掛け合って、アパートの一室に住まわせるように頼んだんでしょうね。初めてだったような気がする、あんなに必死になって自分の意見を通そうとしたお母さんを見たのは。父も許可したのは、すこしは反省したからだと信じたいですけど、わからないですよね」

「稼頭彦さんは、金蔵さんのお葬式に出なかったんですよね」

横井が確かめるように次美に尋ねた。

「私もびっくりしました。でも、そのくらい傷ついているっていうことですよね。決して情の薄い子じゃないんですよ。繊細で優しい子だと思います。まあ、葬儀で伯母さんたちとか父の知り合いとかに会うのが嫌だったんだと思いますけど……。せっかく自分らしく生きようとしているのに、葬儀の場でまた傷口をえぐられるのが目に見えてたんでしょうね。とくに、伯母たちのことは嫌っていますから」

マリは稼頭彦の「妖怪ババア」という言葉を思い出した。そこで次美は言葉を切り、しばらく黙り込んでからポツリと言った。

「でも、これでなんにも遺産がもらえなかったら、あの世に行っても父が弟を許していないみたいで、なんか嫌ですね」

「次美さんという理解者がいて、稼頭彦さんはよかったんじゃないでしょうか。それに、その気持ちが伝わっているかはどうあれ、君子さんも稼頭彦さんのことを心配していることはたしかなようです。ところで、初美さんと稼頭彦さんの関係は良好なのでしょうか」

そこで、マリは思わず口を出してしまった。

「初美さんは、稼頭彦さんは相続放棄をすることを前提に、お母さまの面倒をみる人がその分を相続するべきだとおっしゃっていましたけど」

次美は一瞬啞然としたが、やがて悲しそうに目を伏せた。

「それってつまり、姉がもらうってことですよね。まあ、姉ならそう言うかもしれないです」

「まあ、次美さんがアメリカでお暮らしの間は、そうなりますね」

「姉の考えそうなことです。あの人、どこまでも『頑張る人が報われるべき』っていう考え方なんです。私もよく言われましたよ。『あんたはもっと努力したほうがいい、本当にやる気を出せば、もっといいところに就職できるのに、非正規の派遣でいいやって逃げた、昔からそういうところがある』って」

「次美さんは、お仕事は……」

「夫の仕事の都合でアメリカに移住すると決まって、それを機に退職しましたけど、もともとは派遣で、企業の受付をやっていました。主人とはそれで知り合ったんです」

マリは次美の受付嬢姿を想像した。次美に似合いそうな仕事である。

「私は一生仕事に生きるという気はなかったし、そこまで偏差値の高くない大学ですし、派遣でかまいませんでした。でも姉は努力家で、私とは全然タイプが違います。姉はすごいと思いますけど、別に姉の生き方を真似しようとは思わないですね。だから、姉は稼頭彦のことも理解できないというか、『もっと頑張ればいいのに』くらいに思っているんだと思います。小さいころは、ふつうに仲が良かった気がしますけど……」

「ということは、アメリカに行かれてからは、初美さんとはあまりコンタクトは取っていらっしゃらないわけですね」

「はい、父が倒れてからは業務連絡みたいなそっけないＬＩＮＥのやりとりをしましたけど、それ以外はまったくやりとりしていないですね。母を通じて近況を知るくらいです」

「では、初美さんに結婚を考えている方がいらっしゃるとか、そういうような話は……」

「いるんですか？」

次美は心底驚愕したように見えた。

「いや、わからないのでお聞きしました」

「どうかな。全然わからないですね。お互いにそういう話はしたことないし……。姉に恋人がいるなんて、想像つきませんね」

「ありがとうございます。それで、近いうちに日本にいらっしゃれますか？」

「はい。コロナに関する規制もなくなってきましたから。お墓参りにも行きたいですし、娘を母に会わせたいし」

「それはよかった。遺産分割協議というのは、法定相続人全員が揃う必要があるんです。次美さんがいらっしゃれば、稼頭彦さんもきっと出席してくれるでしょう」

「わかりました。来月には行くように準備します。稼頭彦にも働きかけてみますけど、来るかどうかはなんともいえないですが……」

「ありがとうございます。よろしくお願いします」

＊

横井がＺｏｏｍを終了させ、パソコンを閉じて大きく息を吐いた。時刻は九時前で、今日は芳江が出社する日だから、そろそろやってくるかもしれない。マリは口を尖らせて横井に言った。

「社長、次美さんとリモート打ち合わせするなら、なんで教えてくれなかったんですか？」

横井は素知らぬ顔でゴルフクラブを取り出して、パッティングの練習をし始めた。

「それにしても、リモート会議は肩がこるな。ともかくお疲れさま」

マリはやれやれという顔で横井に尋ねる。

「コーヒー淹《い》れます？」

「ありがとう、頼む」

マリはバーカウンターでコーヒーマシンをセットしながら、あらためて永田家のことを考えた。

いろいろな家があり、その家の中にもいろいろな考えを持つ人がいることを、マリはしみじみと痛感していた。君子も、初美も、稼頭彦も、そして会ったばかりの次美も、それぞれの気持ちを抱えていて、誰しもそれを正しいと思っている。もっとも、マリは初美がなにをどう考えているのかは、まだ一度も聞いたことがなかったが、おそらく初美には初美なりの正義があり、三之谷の永田家で初美が双子の老婆に厳しい姿勢で対峙したのは、君子を庇《かば》おうとする気持ちゆえの行動なのだろう。その行動に、遺産をできるかぎり多く相続したいという自分本位の気持ちがあるのかもしれないが、そこにもなにかしらの理由があるはずである。次美も稼頭彦も初美をあまりいいふうに捉えていないようであるが、初美が成人してからも家を出ず、君子を支え続けたことは事実である。マリは初美が苦手であったが、永田家のさまざまな人から話を聞いているうちに、その話の内容が初美のよい面に関わるものではないにせよ、初美に対する気持ちに変化が生じていた。

それは君子や稼頭彦、そして会ったことのない金蔵に対しても同じである。マリは君子のことを、やや世間知らずな「箱入り奥さま」であり、心を閉ざした息子を心配しているがその気持ちが伝わらない、かわいそうな人だと感じていた。しかし次美の話によれば、稼頭彦に気持ちが伝わらないのは、君子自身にも問題があったのではないか。そしてか弱いだけの婦人と見えるが、大きな力を持つ金蔵という主人の下で、そして意地の悪そうなふたりの老婆に常にいびられつつもこれまでやってきたというのは、相当な強さを秘めていなければできないことではないか。そして稼頭彦は、単なる引きこもりのフリーターかと思っていたが、次美によれば彼にも引きこもりになった正当な理由があり、家を出てひとりで人生を切り開こうと頑張っているという。それが真実であれば、むしろ不運な環境にも屈しない努力家だといえるのかもしれない。

マリは、山手の永田邸からの帰り道に、横井が言った「誰に味方するわけではないが、全員が幸せになる道があるかもしれない」という言葉を思い出した。マリは当初は君子に肩入れし、彼女の希望を最大限叶えてあげたい気持ちだったが、果たしてそれで他の人が幸せになることができるのだろうか。彼女の希望通りに稼頭彦にある程度の遺産が相続されても、稼頭彦はそれを嬉しいとは思わないかもしれない。かといって、たとえば初美の希望通り、稼頭彦の遺産まで初美がすべて相続すれば、君子は稼頭彦のことを考えて悲しむだろうし、あの双子の老婆は憤るだろう。

(社長が言う『みんなが幸せになる道』なんて、あるのかしら)

マリは目の前のコーヒーマシンがピーピーと鳴る音ではっと我に返った。いい香りが部屋にすっかり充満している。

「お、淹れ終わったのか」

横井がパターを壁に立てかけて近寄ってきた。マリは後ろの棚からコーヒーカップをふたつ取り出してポットからコーヒーを注ぐと、ひとつを社長に渡した。

「ありがとう」

横井はおいしそうにコーヒーを飲んでいる。マリは不安になって聞いてみた。

「社長、次美さんの話、どう思いました？」

「うーん、そうだな」

横井はカップを口から離すと、言葉を選びながらぽつりぽつりと話し始めた。

「彼女は遺産について、あまり関心がない感じだったね。遠くに住んでいるし、基本的に任せてもらえるというのはありがたい。彼女の最も大きな希望は、稼頭彦くんのことだといえるだろう」

「次美さんは、お姉さんの初美さんとは、すこし溝というか距離があるようですね」

「そうだね。初美さんとは生き方が違うみたいだ」

「頑張ることが正義っていうの、なんとなくわかる気がして、初美さんに対する気持ちがちょっと変わりました。そんなお姉さんがいたらしんどそうだけど、初美さんはこれまでずっと頑張ってきて、そうやって生きてきたんでしょうね」

「永田家は旧家だ。長女という身だし、君子さんはやや頼りないところもあるから、初美さんがその分、気を張っていたところもあるかもしれないね。まあ、初美さんと次美さんは、就職氷河期世代とゆとり世代の違いもあるのかもな。ゆとり世代の次美さんと稼頭彦さんは、だから距離が近いのかもしれない」

「社長、それで言うと、私はZ世代っていうことになりますけど、今は『頑張ればなんとかなる』っていうような時代じゃないですよ。私だって、頑張って就活しても全然受からなかったし、受かったところは倒産しちゃうし、でもそこまで頑張らないでここに就職できたし。初美さんの考え方は、間違いではないけれど、ちょっと古いと思います。そうそう、私がここに雇ってもらえたのだって、名前のおかげでしょ？　努力より運のほうが大きいような気が……」

横井はぎくりとした顔になり、慌てたようにコーヒーをひとくちすすった。

「前も言ったけれど、金蔵さんが急死されたあとは大変だっただろう。面倒なことを全部やってくれたのは、初美さんだろうな」

「それはすごいと思うけど、稼頭彦さんには冷たいみたいですね。生き方の違いか。それで社長、この後はどうするんですか？」

「もう少し、芝目を読みたいところだな」

「はい？」

「僕は経験から、直線的な答えは出さないようにしている。ゴルフでいえば、原則に当てはめて、定規で線を引くように最短距離でカップを狙っても、アップダウンがあったり、雨に濡れて芝が滑りにくかったり、逆に走ったりする。一つとして同じ芝目はない。永田家のことも、いろいろな角度から見ていかないと。だから、浜野くんが言ったみたいに、それぞれの気持ちや立場を考えるのは、大きな一歩でありスタート地点ともいえる」

マリは横井にほめられたような気がして嬉しくなった。横井は独り言のように続けた。

「まずは、全員の気持ちを聞くことからだ。君はゴルフをやらないからわからないだろうが、わざと遠くから回してあげたほうがいいときもある。焦って答えを出そうとして芝目を読み違えると、ボールはカップに嫌われてしまうからな」

「どういうことでしょう？」

「まあ、簡単にいえば何事も現状把握が重要で、急がば回れ、ということかな」

（ふーん）

マリはわかったようなわからないような気持ちである。コーヒーを飲み終えた横井はすっと立ち上がると、またゴルフクラブを握ってパッティングの練習を始めた。

電話が鳴ったのはそのときである。

「はい、横浜ポートシティ不動産です！」

マリがいつものごとく元気いっぱいに電話をとると、取り乱した君子の声が耳に飛び込んできた。

「あ、あの、私永田です。お願い、すぐに来ていただきたいの！」

「君子さん、おはようございます、どうかされたんですか？」

「稼頭彦が、稼頭彦が！　アパートを出るっていうのよ、私が止めても聞かないの。もう、私はどうしたらいいか……」

ただならぬ雰囲気を察した横井がマリから受話器を取り上げた。

「君子さん、横井です。稼頭彦さんがどうかしたんですか？」

君子が話す声が受話器越しに聞こえるが、なんと言っているのかはマリにはわからなかった。

横井は「わかりました、落ち着いてください。すぐに向かいますから。一〇分、いや、五分くらいですから。稼頭彦さんに、今から横井がくる、とお伝えください。それでは」と言うと電話を切り、つかつかとオフィススペースに入っていく。マリがあわてて追いかけた。

「稼頭彦さん、どうしたんですか？」

「アパートを出るらしいな」

「それは聞きましたけど……」

「正直、僕にもなにが起こっているのかわからない。ただ、君子さんがかなり動揺しているみたいだから、行ったほうがいいだろう」

「君子さん、どこにいるんですか？」

「稼頭彦くんのアパートだ」

（もしかすると）

と、マリは考えた。君子は、相続のことを稼頭彦と話し合いにいったのだろうか。これまで横井に頼りっぱなしだった君子が、なぜひとりで行く気になったのだろう？

そこへ「おはようございます」と、芳江がのんきな挨拶をしながら入ってきた。マリと横井が立ち尽くしているのを見てぎょっとしたようだ。

「どうかしたんですか？　あら、社長、おでかけですか？」

「ああ、ちょっと出てくるから、あとは頼むよ」

コートを着終えた横井は、芳江の横をすり抜けて事務所を出ていく。マリも急いで自分のコートとバッグを引っ摑むと、横井のあとを追った。

「芳江さん、私も同行なので！　戻るときに連絡しますね！」

横井はエレベーターで一階に向かったようだ。マリは凄まじい勢いで階段を駆け下りた。一階に着くと、横井がちょうど通りすがりのタクシーを止めて乗り込むところである。マリは「もうひとり乗りまーす！」と大きな声で運転手に声をかけ、横井のほうをちらりと見た。すると横井は意外にも、座席の奥のほうに座っていて、マリが乗り込むのを待っているように見えた。

「社長、私も同行していいですよね？」

マリが尋ねると、横井はあきらめたように首を振りながらいった。

「だって、一緒に来る気満々じゃないか」

ドアが閉じて横井が「石川町へ」と行き先を告げると、タクシーは朝の喧騒《けんそう》の中を進み始めた。

第六章　石川町の親子

稼頭彦の部屋は、ふたば荘の二階にあった。マリが関谷とともにこの前訪れたときは、辺りが暗いなかでもその古さは一目瞭然であった。こうして明るい日の光の下で見ると、そのボロさがますます際立っている。赤茶けた外階段は、上ってみると一段踏み締めるごとにギシギシと音を立てた。手すりも錆びていて塗装もほとんどめくれ上がり、摑もうとすると魚の鱗が立っているかのようにチクチクと手のひらに当たる。

（関谷さんはリフォームの話をしていたけれど、こんなアパート、リフォームしたって無駄だと思うけど……）

マリはどこにも触らないように気をつけながら、横井に続いて階段を上がっていった。稼頭彦の部屋は、外廊下の一番奥だ。「二〇四」という部屋番号の下に、小さく「永田」と素気なく書かれたテープが貼られている。

（刑事もののドラマで、容疑者のアジトになりそうな感じ）

そんなことを想像するマリの前で、横井はインターホンを押した。ドアを開けて現れたのは稼頭彦で、明らかに迷惑そうな、苦々しい顔つきである。

「こんにちは。君子さんに呼ばれたのですが、いらっしゃいますか？」

稼頭彦は吐き捨てるように、面倒臭そうに言った。

「奥。連れて帰ってくれるんだろ」

稼頭彦はくるりと踵《きびす》を返すと部屋の中へ入っていく。

(入っていいということかな)

マリはためらったが、横井は遠慮するでもなく靴を脱いで揃え、稼頭彦の後に続く。マリも横井に倣って黙って入っていくと、中は六畳くらいの空間に板張りの小さなダイニングがついた、典型的なアパートの一間である。服や雑誌が乱雑に散らばっていて、部屋の隅っこに君子がおどおどした様子で正座をしている。横井とマリの顔を見て、ほっとしたようであった。

「すみません、さっきは取り乱してしまって。すこし落ち着きましたが、わざわざこんなところにお越しいただいてしまって……」

「なにがこんなところだよ」

稼頭彦がボソリと呟くが、君子には聞こえなかったようだ。君子は青ざめてはいたが、いつもと変わらずしゃんと背筋を伸ばして座っていて、錯乱している感じではなさそうだ。横井が尋ねた。

「なにがあったんですか?」

「今朝、稼頭彦が電話をくれたんです。そんなこと、初めてじゃないかしら。嬉しかったけど、『アパートを今月中に引き払うから』と言って。初美はもう仕事に出ていたし、とりあえずすぐにここに来たのですが、なにを言っても聞いてくれなくて……」

「というか、話が通じないんだよ。まあ、来るだろうなと思ったけどさ。だから姉貴がいなそうな時間に電話したんだし」

いつのまにか稼頭彦がマリと横井の後ろに来ていた。

「だって、このアパートを出るって、どうするっていうの？　家を借りるには敷金とか礼金とかもかかるし、引っ越し代だって必要じゃない」

「そのくらいあるよ。何度もいうけど、一応は仕事してるんだから」

「ゲームセンターのアルバイトでしょ？　次美から聞いているわ。時給何百円の仕事でそこまで貯金があるとは思えない。引っ越すなら引っ越すで、私たちが家を見つけるから、ちょっと待って。お父さんが持っている家は他にもあるんだし……。それに引っ越し資金だって、私たちが出してあげるのに」

「だからいられねえって言ってるんだよ」

稼頭彦はこの押し問答を何度も繰り返したのだろう、荒々しく言った。マリは、稼頭彦に同情した。二人の会話を聞いていると、君子は明らかに過保護に思える。くどいようだが、三〇過ぎの男にママが家をあてがってやる、引っ越し費用も負担してやるなんて、ちょっとどうかと思う。

「ずっと言ってるけど、母さんがそこまで心配することないんだって。もう自分でやっていけるんだから」

「でも、お金は？　どうせまだゲームばっかりやっているんでしょう。もう大人なのに……」

マリは、あらためて稼頭彦の部屋を見回した。この部屋で最も大きく存在感を放っているのは、安っぽいパイン材のデスクの上に並んだ、大きめのパソコンモニタ三台である。それにキーボードが二台と、マリにはよくわからないがゲームのコントローラーのようなものが数個、モニタやキーボード、足元のパソコン本体はたくさんのコードで繋がれている。マリは稼頭彦をちらりと見た。この部屋には大きすぎるであろう革張りの椅子に座った稼頭彦は、投げやりな感じで窓から外を見ている。「外」といっても、隣の壁が見えるだけであるが。

「稼頭彦さん、引っ越すのはたしかなんですか？」

横井が尋ねると、稼頭彦はうなずいた。

「まあ」

「転居を考えたのには、我々と話したことが関係しているんですか？」

君子が横井を見たが、珍しくその目が鋭かった。横井と話したことで稼頭彦が引っ越しを決めたのなら、君子は横井を許さないだろう、そう思えるほど瞳は鋭く、厳しかった。

「それもあるけど、前々から思ってたよ」

稼頭彦は横井のほうを向いて話しているけれど、おそらく君子に向かって言っているのであろう。

「このアパートにずっといい続けたのは、ラクだったからだ。勢いでなにも考えないで家を出て、次美も母さんや父さんをとりなしてくれて、この家に住んでいいとなったときは、正直な話、ほっとした。あのときはなにもしていなかったし、そんな奴が家を借りれるはずもないのはわかってたから。最悪、ホームレスかな、とかも考えてたな。まあ、あのときはもうどうでもよくなってて、別に死んじゃってもいいやと思ってたけど」

「稼頭彦！」

稼頭彦は君子の悲痛な叫びを無視した。

「だからといって、なにがなんでも死んでやる、というわけでもなかった。とにかくどうでもよかったんだよ。このアパートはボロいけど、俺にとってはそれで全然よかった。あの家から離れるだけでよかったし、そんなに豪華な家はいらないし」

「食費や光熱費はどうしていたんですか？」

横井が尋ねると、君子が割り込んできた。

「私が月に一度、アパートのポストに生活費の入った封筒を入れることにしていました。本当に少しだけでしたけど。それは夫が決めた額です。私はもっとあげたかったのですが、うちの生活費から稼頭彦の生活費を出すと、夫に叱られるからできませんでした。光熱費は夫が振り込んでいました」

あれ、とマリは思った。それでは、形はどうあれ、稼頭彦の生活費を工面していたのは金蔵ということになる。

（勘当したと聞いていたけれど、実は金蔵さんがずっと面倒を見ていたわけか……）

稼頭彦も、これは初耳のようだった。

「なにそれ？　毎月の生活費って、親父から出てたってこと？　母さんのポケットマネーじゃなくて？」

「それはそうよ。うちのお金は全部お父さんのものなんだから」

どうやら稼頭彦は、永田家の生活費の仕組み、つまり金蔵がすべてを管理していて毎月の生活費を君子に渡すというシステムを知らなかったようである。稼頭彦が引きこもりになったというのは中学生のころで、それからはずっと引きこもりだったのだから、それはそうかもしれない。

稼頭彦は、自分が金蔵に生かされていたという事実に少なからずショックを覚えたようであったが、そのまま続けた。

「とにかく、もう母さんたちに助けてもらわないと生きていけない時期は、もう終わったんだよ。悪いけど、俺はあの家は嫌いだし、父さんのことだって好きになれない。でも、そんな俺がこの家に住んでいるのもフェアじゃないとも思う。だからアパートを出ようとはずっと思ってた。でもこのままの生活を送るのはラクだった。生活を変えるきっかけがなかっただけだ」

「そのきっかけが、金蔵さんが亡くなったことであり、私たちと話したことだったんですね」

横井の言葉に稼頭彦がうなずいた。

「だから母さん、誤解すんなよ。俺はこの人たちに焚《た》きつけられたわけじゃない。俺の意思で引っ越すんだよ。それに、もう住む家も見つけてある」

「え？」

「どこに住むの？」

君子とマリの声がかぶさった。

「落ち着いたら言おうと思っていたけど、知り合いのゲーミングマンションに誘われていて、オーナーにも会っている。母さんはいつもこの話をスルーするけど、俺、プロのゲーマーなんだ。まだそんなに成績はとれてないけど、それなりに認められてるeスポーツプレーヤーなんだよ」

「君子さん、私もあれから稼頭彦さんの仕事のことを私なりに調べてみました。eスポーツというのはオリンピックの種目にもなるらしいし、ちゃんとしたスポーツなんですね。まだそのはしくれかもしれないですが、すごいことだと思いますよ。そして、ゲーマーたちはどこかのプロチームに所属して、そのチームの持つマンションで、日々切磋琢磨《せっさたくま》しているそうです。まあ、一種の寮ですね」

「そこに住むの？　毎日ゲームをするために？」

君子は力なくつぶやいたが、住むところがあるとわかってすこし安堵したようだった。それは横井の説明で「寮」という言葉が出てきたこともあるかもしれない。

「家賃は払うけど、普通よりは安い。それに防音で機材も整っているし、環境がいい。周りは俺みたいに、いや、俺よりももっと若いやつが多いけど、まじでうまい奴ばっかだから、刺激になる。この家とバイト先を行ったり来たりするだけの生活よりもずっといいと思ってる」

そう言って、稼頭彦は横井を見た。

「それに、あんたの話も考えてみた」

「このアパートの相続のことですね？」

「ああ。ここは親父の遺産だから、誰かが相続する。今は俺の他に誰も住んでないから家賃収入はゼロで、そんな家、売っちゃったほうがいいだろ。まあこんなボロい家を欲しがる奴はいないだろうけど。とにかく、俺が出ていけばいいんじゃないか。そしたら心置きなく、売るなり取り壊すなりできるだろ」

マリはもっともだ、と思った。このアパートの住人は稼頭彦だけだ。稼頭彦さえ出ていけば、関谷の言うようにリフォームだってできるだろう。関谷によれば、立地は抜群だそうだから、きれいなマンションに建て替えたら、住みたがる人は現れるのかもしれない。

「ずっと言っているけど、俺は親父の遺産なんかいらない。だからこの家も出ていく」

稼頭彦がきっぱり言った。君子は今にもへなへなと倒れそうに見えた。

「相続を放棄するというお考えは、変わらないんですね」

横井が尋ねると、稼頭彦はうなずいた。

「ああ」

「そんなこと言わないで。お金は、あれば安心なんだから……」

君子が泣きそうなか細い声で訴えると、稼頭彦はうんざりした顔で横井に言った。

「俺、もうバイトの時間なんで、帰ってくれますか？」

＊

稼頭彦に追い立てられるようにして、三人はふたば荘を出た。地蔵坂に出て駅のほうに降りていく。

「駅の近くまで出て、タクシーを捕まえましょう」

「あ、それなら、私タクシーアプリ入っているから呼びますよ」

マリが申し出ると、横井が「頼む」と答えた。こんな疲れきった君子をガヤガヤした駅まで連れていくというのも、なんとなく気が進まなかったからだ。マリは慣れた手つきでアプリを起動し、送迎の予約を終えた。

「社長、ここで待っていれば、あと五分くらいで来るみたいです」

「そうか」

そのとき、それまで黙っていた君子が、横井と目を合わせないまま言った。

「横井さん、私、稼頭彦に絶対遺産を渡したいんです。あの子の権利です。あの子の未来をつくるお金です。どういう形でもいいから、あの子に遺産を残したい」

小さいが、強い口調だった。

「君子さん、実は今朝、次美さんとお話ししました。オンラインで」

君子がびっくりした顔で横井を見つめた。淡々と続ける横井の口調はいつもと変わりなく、マリはつくづく横井のメンタルの強さに感心した。

(よく、こんな状態でいつも通りに振る舞えるな……。結構な修羅場だったと思うけど)

マリは見ていただけだったが、なんとなく疲弊していた。

「次美さんは、『稼頭彦は、遺産が入らなくても大丈夫だと思う』と言っておられましたよ。次美さんと稼頭彦さんは、仲が良いんですね。だから稼頭彦さんの考えを尊重しようとしているのだと感じました。ただ、そのあとに、『やっぱり稼頭彦が遺産をもらえないのは嫌だ』とも言っておられました」

「そうでしょう！　私だって、稼頭彦の意見を尊重したいけど、現実問題として、お金はあるに越したことはないんだし……」

「君子さん」

横井がとりなすようにいった。真っ昼間の住宅地は、ときおり車が通るくらいで閑散としている。

「次美さんは、『稼頭彦が遺産をもらえなかったら、父がまだ稼頭彦を許していないみたいで嫌だ』と言ったんですよ。お金の問題ではないようです」

君子は黙り込んでしまった。

「君子さんの希望、稼頭彦さんの希望、そして初美さんや次美さんの希望はわかりました。ここでもう一度、親族会議を開いたほうがいいでしょう。今度は三之谷の本家ではなく、山手のお家で。招集するのは、君子さん、あなたです。金蔵さんのお葬式で、喪主はあなたでしたよね。遺産相続のメインはあなたなんですから、その自覚を持って、流されないようにしましょう。みなさんの希望は、僕がまとめておきます。当日も、私がちゃんとサポートします。お義姉さんがたの希望も含めて、本家の土地をどうするか、これは次に必ず解決しなければならない。次美さんが帰国されたら、法定相続人による正式な遺産分割協議を開催できるようにするのです」

君子は答えなかった。

「いいですね、親族会議を開くまでに、どう分けたらいいか、あらためて君子さんの希望をしっかりと固めておいてください。もちろん、その通りになるかどうかはわかりません。それでも、君子さんの考えをしっかりと示すのが重要なんです。君子さんは、金蔵さんの心を一番知っている、一番身近な人であり、家族全員のことを分け隔てなく愛している人なんですから」

君子はようやく顔を上げた。

「わかりました。……あの、今日は来ていただいてありがとうございました」

「あ、タクシー来ましたよ！」

マリが片手を上げてタクシーに合図をすると、黒い新型タクシーがすっと三人の前に止まり、ドアが開いた。君子がゆっくりと乗り込むと、横井が君子に声をかけた。

「大丈夫ですよ、きっとうまくいきますから。また連絡します」

第七章　本牧のバー

　ＪＲ根岸線の山手駅は、高架駅である。二つのトンネルに挟まれて、地上に出ている線路は五〇〇メートルにも満たない。最近になって一つ前の石川町駅には広い道路や繁華街ができたのと比べると、山の中の駅の鄙《ひな》びた感じがいっそう際立つ。時刻は二〇時半を回ったころで、すっかり夜の帷《とばり》が辺りを包んでいる。マリは関谷とともに改札を出た。

「浜野さんは、この駅で降りたことはある？」

「ないですね」

　マリは物珍しげに辺りをきょろきょろと見回している。

「近くに根岸の外国人墓地や競馬場跡があるよ。今は競馬場とは反対のほうに向かってるけど」

「関谷さんって、横浜出身じゃないですよね？」

「ああ、俺は静岡。横浜の大学に入って、それから横浜の不動産会社に就職して、ポートシティ不動産はそのあとに中途採用で入ったんだ。前職でも営業だったから、この辺りの地理にはもう詳しいよ」

　関谷は高架に沿って細い道を歩きだした。その道はくねくねとした坂になっていき、住宅街を縫うように上っていく。しばらくすると高台に出た。視界が広がり、先ほどまで高架で見上げていた線路が下に見えた。トンネルの上を渡った辺りから、一つ一つの家が大きくなっていく。低層の高級マンション、そして広いグラウンドやテニスコートが続く。

「ここがＹＣ＆ＡＣだ。知ってる？」

「外国人専用のスポーツクラブでしたっけ？」

ＹＣ＆ＡＣとは、横浜カントリー＆アスレチッククラブの略称だ。明治元年に結成されたＹＣＣ（横浜クリケットクラブ）から数えると、一五五年の歴史を持つ会員制スポーツクラブである。

「今は日本人でも会員になれるみたいだけど、会員が同伴すれば使えるみたいだよ。ただし、公用語は英語らしい」

「へえ」

関谷はＹＣ＆ＡＣの広い敷地のへりをなぞるようにして進んだ。丘の尾根を行くその道は、左右に植栽やベンチが置かれ、街灯も設置された遊歩道に整備されていた。

「変に細長い公園ですね。あ、地図だ」

マリが案内板を見つけた。

「『緑と洋館の巡り道』か。六ルートあるんだ。この道は……。『山手駅から三溪園・本牧市民公園へ〜緑の見晴らし散策コース』か」

「ここはね、あの根岸の競馬場ができた明治のころから、外国人の散歩道だったんだよ。ここを通って本牧の十二天の辺りに海水浴に行ったらしい」

「ふうん」

二人は見晴台に着いた。

「あ、あれランドマークタワーですね！」

「うん。夜景もきれいだけど、晴れた冬の朝なんかは、丹沢や富士山まで見通せるんだ。今はよく見えないけど、すぐ下に早咲きの河津桜がきれいだよ。今は遊歩道として整備されているけど、そうなったのは結構最近のことみたいだね。四〇年くらい前まで、ここはアメリカに接収されていたらしいから。まあ、社長の受け売りだけど」

「セッシュウ？」

再び歩きながら、マリは首を捻った。

「占領だね。沖縄みたいなものだよ。沖縄も大変だが、戦後日本全国の接収地の六二パーセントが、当時横浜市に集中していたんだってさ。本牧は太平洋戦争の後、三六年間もアメリカに土地を奪われていたんだ。本牧一帯が返還されたときはまだ、君は生まれる前だから、いろいろ知らなくて当たり前かもしれない。根岸の競馬場跡も返還されたけれど、その周囲の住宅地区は、令和になってようやく早期引き渡しの合意がなされたところだ」

「令和って……。いまだにそんなところが近くにあるなんて、全然知りませんでした」

「前はマイカル本牧という大きな商業施設があって、今はイオンになっているけど、その辺りは返還されたのを機に大規模開発をしたんだよ。あそこができたのがバブルのころだって言ってたかな」

「全部アメリカのものだったんですね。……それで、社長は本当にこんなところにいるんですか？」

「うん、社長が行くバーはもうわかっているからね。ほら、あそこ」

二人はいつのまにか本牧通りに出ていた。関谷が指し示したのは、なんの変哲もない小さな雑居ビルである。関谷は慣れた様子で二階にあがり、「ＢＡＲ ＲＯＳＥ」と彫られた木製の看板が掛かった、緑の無味乾燥なスチールドアを開けた。

＊

中に入ると、外からは想像できないほどクラシカルな内装で、マリはため息をついた。カウンターとその後ろの棚はマホガニー色で統一され、白熱灯の温かい光に照らされてまったくの別世界である。

「ほら、いた。社長」

関谷がニヤニヤしながら声をかけると、カウンターの奥に座っている横井がこちらを見て驚くのが見えた。

「いらっしゃい。ああ、横井さんですね」

カウンターの奥から、蝶ネクタイにベストという、これまたクラシカルな出で立ちのマスターが関谷に声をかけた。こんな店を切り盛りしているのはきっと白髪の紳士的なマスターかと思いきや、思いのほか若い細身の男性である。カウンターと四人掛けのテーブルが一つあるだけのこぢんまりとした店内は、時間が早いせいか横井の他に客はいなかった。

「なんだ、お前か。浜野くんもいるのか」

びっくりしたような横井の言葉に、関谷が笑いながら言った。

「浜野さんも、というより、浜野さんが行きたいと言ったんですから」

「どういうことだ？」

「だって社長、ふたば荘のあとはずっと外出で、今日の振り返り会議をする暇もなかったじゃないですか。すごい修羅場だったんですから、社長の考えを聞きたいですよ！」

やれやれ、といった様子で横井はマスターに目配せした。

「ええ、テーブル席のほうにどうぞ」

横井は自分の飲みかけのグラスを持ち、テーブル席に移動した。関谷とマリが横井の向かいに腰かける。

「それで？」

横井が関谷に尋ねる。

「まあ、想像通りだと思いますけど、俺が事務所に戻ったら浜野さんがブツブツ言っていて、すごい修羅場を見た、君子さんが稼頭彦さんとケンカした、社長はこれをどう収める気なのか、って。それで俺が、『社長ならいつものバーにいるだろうから、話聞きに行ってみる？』って誘ったら、飛びついたわけですよ」

「だって、記憶が新しいうちに頭を整理しておかないと」

マリはすました顔である。テーブルにはバラが一輪、小さな花瓶に活けてあった。関谷がマスターに声をかける。

「僕はハイボール。浜野さんは？」

「私も同じのをお願いします。ちょっと薄めで」

店内には静かにジャズが流れている。マリと関谷のもとにグラスが運ばれてきて、三人はとりあえず乾杯した。

「それにしても、内と外で全然違いますね。ビルの外観やあのドアからは、こんな素敵なお店だなんて想像がつきませんでした」

マリはしきりに店内を見回す。横井はニヤリと笑った。

「実は、この内装は俺がデザインしたんだよ」

「社長が？」

「俺は不動産会社をやる前は住宅メーカーに勤めていて、リフォームとかリノベーションも手掛けたことがあるから。マスターは、このビルのオーナーなんだ」

「はい」

横井の呼びかけに、マスターが答えて話し出した。

「数年前に父が亡くなって、このビルを相続したんです。古いので全面リノベとかも考えたんですが、一階には老舗の定食屋が入っていて、工事期間の売上保障とか一時転居の費用とか面倒でしたから、そのままテナントとして貸すことにして、じゃあ二階はどうしようかと」

「一部屋空いていたから、そこはすぐにリフォームして、家賃を少し高くして貸したんですよね」

関谷があとを引き取った。

「そう。こっちも横井さんにデザインしてもらって、モダンな感じが受けてすぐ入居者決まりました」

「それでもう一部屋はどうする？　ということになって、賃借の期限が来たらそっちもリフォームするかと提案したら、彼、バーをやってみたいって言い出したんだ」

「それで、横井さんの事務所のバーカウンターを見にいったんですよね」

「ああ、うちの……」

マリは、芳江がいつか話した「これは一種のモデルルームなの」という言葉を思い出した。

「単に社長が酒好きというのもありますが、うちの応接室は、『ただの事務所もリノベでこんなふうにできますよ』といういいサンプルですよね」

「ええ、ぼくもお邪魔してみて、イメージが湧きましたから」

関谷の言葉に、つまみの乾きものの皿を持ってきたマスターが、マリに向かって言った。

「あのバーカウンターの後ろの棚は、実家にあったものなんですよ。父が洋酒好きで、いろいろ集めていたんです」

「ボトル、変わったものがたくさんありますね。あれはマリリンモンローかな？　船の形とか大砲の形とか、なんとなく横浜っぽい。ちょっと見てみてもいいですか？」

「どうぞ、喜んで」

マリは立ち上がってカウンターのほうに歩いていく。

「このカウンター、棚とお揃いなんですね」

「そう見えるでしょ？」

マスターは自慢げに言った。

「カウンター自体は、横井さんの事務所と同じく、モールテックスという素材で作ってあるんですけど、上の一枚板はマホガニーなんですよ、本物の」

「マホガニー？」

（たしか、君子さんの家の書斎でも、そんなこと言っていたような……。たしか、すごく高い素材よね？）

「実はもらいものなんです。この辺りのバー、コロナでいくつもの店が閉店に追い込まれました。特にマスターが高齢のところはね。僕、いろいろなお店に勉強しに行ったんですけど、そのうちの一つが店仕舞いすることになって、そうしたらその店のご主人が『店をやるんなら、ほしいもの全部持ってけ』って言ってくれたんです。酒とかグラスももらったけど、この一枚板がすごく好きだったから、ありがたく譲ってもらいました」

「後ろの棚と色がぴったりですね」

マリが戻ってきてソファに座った。

「社長、それで、どういうふうに収める気なんですか？　君子さんと稼頭彦さん、平行線でしたよね」

「ああ、俺も浜野さんから聞きましたけど、なかなか大変だったみたいですね」

マリと関谷に尋ねられたが、横井はグラスをちびりちびりと傾けるだけである。マリが続けた。

「君子さんは、稼頭彦さんに遺産を相続してほしいと言っている。次美さんも同じ気持ち。特に次美さんは、これを機に、お父さんとのわだかまりをなくしてほしいといっている」

「あのさ、稼頭彦さんは、なんで遺産をもらうことをそんなに頑なに拒否するんだろうね？」

関谷が不思議そうに尋ねた。

「関谷さんも、稼頭彦さんに会ったじゃないですか。お父さんが嫌いなんですよ。いろいろあったから」

「まあそうだろうけど。でも、もう一〇年くらい会っていないんだろ。その間に稼頭彦さんも自活にむかって進んでいるし、もし会っていたら、当時のわだかまりなんかは意外に溶けていたかもね」

（それはそうかもしれない）

マリは関谷の言葉を頭の中で反芻《はんすう》した。金蔵と稼頭彦が、お互いにもっと思ったことを素直に話していれば、今の現実がすこしは違っていただろうか。たとえ金蔵の死という事実は変わらないにしても。

そこへ、黙っていた横井が話に入ってきた。

「稼頭彦さんは、家を出てから一〇年間、金蔵さんとはまったく話していない。その前もほとんど話をしていない。稼頭彦さんが家を出ていくときに、怒鳴り合ったくらいだろう。ずっとコミュニケーション不足が続いている状態なわけだ。そして金蔵さんが亡くなってしまった。それでは、どうやったらそのわだかまりを解消できるのか」

「稼頭彦さんは、金蔵さんの地主という仕事？　身分？　を、憎んでいるみたいですよね。じゃあ、地主をやめていればよかったかもしれないけど、そんなわけにはいかないでしょうし」

マリが腕を組む。

「浜野くん、今日は山手駅から来たんだろ？」

「あ、はい。関谷さんにいろいろ教えてもらいながら」

「社長から聞いたことをそのまんまレクチャーしただけですけどね」

関谷が笑ってグラスに口をつけた。

「それじゃ、この辺りのだいたいの地理はわかっただろうな。このバーは本牧通りにあるけど、本牧通りを挟んで海側がエリア1《ワン》、反対側をエリア2《ツー》といって、この辺り一帯は米軍横浜海浜住宅地区、つまりアメリカ兵の家族のための住宅地になったんだ。フェンスが張り巡らされ、日本人は入れなかった。もちろん、ここに住んでいた日本人は全員追い出された。神社にも行けない、墓地にも入れない。たとえ地主であってもね。永田家も、この辺りに土地を持っていた」

マリは、ここに至る風景を思い浮かべながら横井の話に耳を傾ける。

(今度は、明るいときに来てみようかな)

「三之谷にある永田家の本家は、ぎりぎりフェンスの外側だった。でも持っていた土地の一部はフェンスの内側に入っていた」

「ということは……。永田家の土地の一部は、アメリカのものになっちゃったんですね」

マリは驚いた。

「稼頭彦さんは地主のことを、『ただ土地を持っているだけでお金が入ってくる楽な仕事』というふうに考えているんだろう。でも、少なくとも横浜の地主は大変だったんだ。まず、明治維新で横浜港が開港したとき、外国人居留地を定めるために、有無を言わせず自分の土地から追われた。次に、関東大震災ですべてのものが壊れた。太平洋戦争でも、終戦直前に大空襲に遭《あ》って一面焼け野原だ」

戦争は、マリにとっては教科書やテレビの中の出来事でしかないが、いつかテレビで見た太平洋戦争のドキュメンタリー番組の映像を必死に思い浮かべた。

「戦後、アメリカの進駐軍がやってきて、そういう土地をどんどん接収していった。焼け残った学校や病院やホテル、そういう大きな建物は特にね。そんなとき、接収を免《まぬが》れた近隣の地主さんたちは、フェンスの内側で土地を追われた人たちを、自分の土地に住まわせたんだ。いつ返還されるか見通しが立たない土地だけど、いつか帰りたいから近くに住みたいのが人情だろうな。だからみんな、近くに住んでその日を待った。一年二年で返還してきた地区もあったけれど、本牧の辺りは三六年もアメリカのものだった。なのに、その間、接収された土地にも税金はかかる。随分たってからそういう負担は軽減されたが、そこまで持ちこたえられずに手放す人もたくさんいたんだよ。永田家は、先祖から受け継いだ土地を一生懸命守り抜きながら、この地域の地主の責任として、ちゃんと住民の苦難に手を差し伸べてきた。決してなにもしないであぐらをかいて暮らしてきたわけじゃないんだ」

「こういうことをすこしは知っていたら、稼頭彦さんも変わるんですかね」

関谷がのんきに言った。マリ自身、地主という仕事のことを、「土地を持っているお金持ち」くらいにしか捉えたことはなかったが、知られざる苦労があったことは、横井の話ですこしずつわかってきたような気がする。

「俺は仕事柄、この辺りの地主さんとよく話すが、みんなそれぞれ苦労しているよ。金蔵さんは地主としてちゃんと頑張ってきたし、悩みも持っていた。それはおそらく、君子さんも知らないことだろうがね」

「社長は知っているんですか?」

マリは不思議に思った。横井の口調からすると、まるで生前の金蔵と知り合いだったかのようである。地主さんとたくさん話しているからだろうか。

「横浜という土地は特殊で、その土地を持つ地主というのもまた、特殊な職業なんだ」

関谷が口を挟んだ。

「社長はこの土地に生まれ育った人間だというのもありますよね。俺はこれまで散々、ここでその話を聞きましたけど」

「金蔵さんは、金蔵さんのお父さんから土地を引き継いだんですよね」

マリが尋ねた。

「それで金蔵さんは、自分が相続をしたときに、すごく苦労したらしいな」

「あの双子のお婆さんたちに、本家を取られたって話でしょ？」

「それもあるけど、それだけじゃない、借地の問題だよ」

「借地？」

借地という言葉自体は、これまでも頻繁に出てきた。

「まあ、その辺りも含めて、親族会議を開く必要があるだろうな。それに、遺言のことも気になる」

「ああ、本当に、金蔵さんが遺言さえ残していれば、ここまでモメなかったでしょうね。まあ、それでもモメる可能性もありますけど」

関谷がじっと考え込んだ。

「そうそう、遺言があって『金蔵さんはこう遺産を残したがっている』と指定したって、初美さんが素直にうんと言うとは思えないですよ。双子のお婆さんは相続人じゃないから、なにを言っても無駄かもしれないけど、初美さんは相続人なんですから」

「初美さんは、稼頭彦さんの分の遺産を欲しがっているんだよね？　それで、恋人がいるらしいんだよね。それも、人には言えない感じの」

関谷が尋ねると、マリはうなずいた。

「相続って、大変なんですね。うちはお金持ちじゃなくてよかった」

横井が初めて笑った。

「そろそろ出るか。浜野くん、次美さんからメールが来て、帰国の日程が決まった。予定よりも早いな。あとでメールを転送しておくから、あした、君子さんに伝えて、会議の日程を調整してもらっておいてくれ」

「あ、はい！」

今回の件で初めて仕事らしい仕事を振られたマリは、誇らしい気持ちになった。

第八章　山手の家族

次美からのメールは、次のような内容だった。

「三月一〇日に帰国します。いつアメリカに戻るかは決めていません。母にも姉にも稼頭彦にも、このことは伝えています」

そこで、第二回親族会議は三月一二日、横井の提案どおり、山手の永田邸で行なわれることに決定した。あの双子の老婆が来るかどうかマリは疑問だったが、それを横井に言うと、「まあ、なにがなんでも来るだろうな」との答えである。

（まあ、あのお義姉さんたちが来なくても全然かまわないし、来たら来たで初美さんとケンカするだけだろうしね）

当日の午後二時、マリは横井とともに永田邸を訪ねた。出迎えたのは次美である。

「リアルでお会いするのは初めてですね」

三人はお互いに挨拶を交わした。実際に会う次美は画面越しよりも老けて見えたが、Ｚｏｏｍでは補整がかかっているせいもあるだろう。それに、おととい帰国したばかりだから、時差ボケで疲れているのかもしれない。横井も同じことを考えたのだろうか、次美に尋ねた。

「おととい帰ってこられたんですよね。時差ボケはどうですか？」

「まだ少し残ってます。娘は大丈夫みたいですけど」

「あ、娘さんも帰ってこられたんですよね。おいくつですか？」

マリは小さい子が大好きである。次美は嬉しそうに答えた。

「もうすぐ三歳で、元気すぎて困っています。初めておばあちゃんに会うから、人見知りするかな、と思ったんだけど、そんなことはなくて」

次美に誘われてリビングに入ると、次美の娘であろう小さな女の子が、机いっぱいにおままごとの食器や食材を並べている。君子がそのそばで、溢れんばかりの笑みを浮かべて必死に受け答えしていた。

「はい、できました。ばば、たべていいです」

「あら、おいしそう！　芽衣《めい》ちゃんはお料理が上手ねえ。いただきます。……あら、すみません！」

横井とマリが立っているのに気づいた君子が慌てて立ち上がった。

「せっかくいらしてくれたのに、全然気づかなくて。次美、教えてほしかったのに」

「だってお母さんは、ベビーシッターで忙しいでしょ」

次美が笑顔で子どもを抱き上げた。

「娘の芽衣です」

「こんにちは」

二歳だとそこまで会話はできないのかと思っていたが、なかなかしっかりした口ぶりである。

「わあ、かわいい！　浜野マリです。次美さん、日本語を喋れるので安心しました」

「家では普通に日本語ですし、向こうでは、日本人コミュニティもありますしね。それに私自身、簡単な英語しか喋れませんから」

「次美さんに似ていますね。君子さんにも似ている気がしますよ」

横井の言葉は本心か社交辞令かマリにはわからなかったが、君子はまんざらでもなさそうである。

「他の方は？」

「初美は二階にいて、呼んできますね。お義姉さんたちは、先ほどタクシーに乗ったと連絡がありました。お手伝いさんが一緒に来てくれるそうです」

「よかった。稼頭彦さんは？」

横井の質問を次美が引き取って答えた。

「あの子も来るとは言っていましたよ。ただ、やっぱり伯母さんたちとは顔を合わせたくないと言っていましたけど。だから、遅れるかもしれませんね」

「そうですか。でも来てくれるだけで大きな前進だと思います」

「ええ、まさかこの家に帰ってくるなんて」

こんなに明るく幸せそうな君子を見るのは、初めてかもしれない。初めて会う孫に、一〇年ぶりに帰ってくる息子。これが遺産について話し合う会議の日でなければ最良の日だっただろう。それとも今日の君子なら、あの双子の老婆にも堂々と対峙できるだろうか。

そこでドアが開いて、初美が顔を出した。白いシャツに黒いカーディガン、黒い細身のストレートパンツ。相変わらずブレない格好だな、と、マリは考えながら会釈をした。

「よろしくお願いします」

初美はマリをちらりと一瞥《いちべつ》しただけで、横井に向かってそう言うと、顔を君子に向けた。

「もうすぐ伯母さんたちが着くんでしょ？　どこに座らせるの？　席順とか決めた？　そろそろ片付けないと」

「あら、そうね、片付けなきゃ。芽衣ちゃん、これあっちの部屋にお引っ越しするからね」

「やだ、かたづけない！」

芽衣が頬を膨らませる。

「芽衣ちゃん、ほら、見てごらん。お皿が車に乗って動いていくよ」

初美が芽衣に優しく話しかける。あれっとマリは意外に思った。初美は子ども好きなのだろうか。初美はその辺りにあった車のおもちゃに、芽衣が先ほどまで君子にもてなしていた料理を載せて、床を走らせて隣の部屋へと進ませていく。

「あっ、めいもやる！　めいにやらせて！」

芽衣はすぐに飛びついた。おままごとの道具を車に載せて、隣の部屋へと移動させはじめる。君子が言った。

「初美は面倒見がいいんですよ。小さいころは、次美と稼頭彦とよく遊んでくれていました。お姉ちゃんだからかしら」

「お姉ちゃんが中学に入ったころから、あんまり話さなくなった感じだけどね」

「まあ、部活や塾に入って忙しくなったから……」

君子と次美が話しているのを見て、マリも自分の家族を思い出した。マリには妹がひとりいるが、小学校高学年のころから、妹と遊ぶよりも友達と遊ぶほうが忙しくなった覚えがある。

「お姉ちゃんのいう通り、伯母さんにヘソを曲げられると大変よ。あのふたりは大きいし、とにかく椅子を……」

そこへ、芽衣と一緒に部屋を出た初美が、大きな椅子を抱えて戻ってきた。

「これがいいいんじゃない」

(先回りがすごい！　さすがしっかりしてるわ)

「私たちは立っていても大丈夫ですから」

「ダイニングから持ってくればいいいんじゃない」

初美の指示で、会議の場が着々とセッティングされていく。この家族の関係がはっきりわかるな、とマリは感心した。

そこへ玄関チャイムが鳴った。

「お義姉さんたちかしら」

君子の顔に緊張が走ったようだ。次美が言う。

「大丈夫、私が出てくる。お母さんはそこに座ってて。芽衣はあっちでテレビでも見せておくね」

「あ、もう勝手にビデオつけてきちゃった。食い入るように見てたわ」

初美が言って、またしてもマリは感心したのだった。

＊

多満子と寿美子は、この家で見るとますます大きく、ぶよぶよと太って見えた。ハワイのムームーのようなシルエットのワンピースで、片方がチャコールグレー、もう片方が濃いブラウンである。ふたりとも黒いカーディガンを着ていて、家政婦と思しき五〇代くらいのガタイのよい、地味な女性がひとり同行している。

「伯母さんたちは、ここにどうぞ」

次美が明るく声をかける。家政婦が多満子と寿美子をそれぞれサポートし、つい先ほど用意したばかりの椅子に座らせた。

「どうしてもここで、というから来たのよ。早く用件を済ませて帰りたいわ」

「そうね、多満ちゃん。この年だし、私たちはなかなか外に出かけないしねぇ」

どうやら、チャコールグレーのワンピースが多満子、ブラウンのワンピースが寿美子のようである。

(肘掛けのない椅子だからよかったけど、肘掛けがあったら体が収まらなかったかもね)

マリは呆れた気持ちでふたりを眺めていた。

「お義姉さん、本日は御足労をおかけしてすみません」

君子の態度はいつもと同じく遠慮深げである。

(君子さん、今日は大丈夫なのかしら?)

君子が続けた。

「ええと、まず、夫の遺産についてですが……。これは、専門家である横井さんにお願いしてもいいかしら」

　マリはその場にいた全員を素早く見回したが、誰も異を唱える様子はない。横井がうなずいて後を引き取った。

「あらためて、本日はお忙しいなかお集まりいただき、ありがとうございます。金蔵さんの遺産についてですが、法定相続人となりうる人は、この前もお伝えした通り、配偶者である君子さんと、長女の初美さん、次女の次美さん、そしてまだ来ていませんが、長男の稼頭彦さんの四人です」

「あら、私たちは？」

　多満子がすぐさま文句を言おうとするのを、横井は被せるように続けた。

「多満子さんと寿美子さんは、法律上は法定相続人には当たりません。具体的にいえば、法定相続人となる権利を有してはいません。ただし、生前の金蔵さんが口頭で、『本家の土地を譲る』と言っていたそうですので、相続に参加するべきであると考えています」

　横井の言葉に多満子と寿美子は満足げであるが、反対におもしろくない顔をしているのは、初美である。マリは次美を見たが、その顔からはどんな感情を抱いているのかは読めなかった。

「では、まず金蔵さんの遺産の内容を確認しましょう。目録をご覧ください。これは、永田さんのお宅がずっとお願いしている税理士さんがまとめてくれたもので、信頼性のある内容です」

　横井はそう言うと、目録を見ながら説明を始めた。

「山手の土地家屋。この家のことですね。次に、本家の土地の三分の一。お義姉さん方のお住まいのところです。そして、石川町のアパート。これは稼頭彦さんが今住んでいるところで、他に賃貸人はいません。もう一軒、石川町にアパートがあります。こちらはリノベーションが済み、現在民泊施設として活用中です。あとは、みなとみらいのマンション。ここは定期借家契約を結び、現在役員用社宅として使われています」

「みなとみらい？」

「うちの資産が、なぜそんなところに？」

多満子と寿美子の声がステレオで重なった。

「いわゆるタワーマンションですね。金蔵さんは、何年か前にこの物件を購入しています」

このふたりには、その意味がよく飲み込めないようである。横井はかまわず先を続けた。

「他にも、アメリカに不動産があります。こちらは投資目的で購入したようで、タイトルカンパニーに売買や所有権移転などを委託している物件です。そして山手や三之谷の貸宅地。これらにはすべて借地人が住んでいます。これが土地に関する資産の全容です」

マリはあらためて、永田家の持つ不動産資産の量に驚いた。マリの家が持つ不動産といえば、自宅くらいのはずである。マリの家のみならず、普通の人であれば、自宅以外に不動産資産はないのではないか。

「あとは現金です。配偶者である君子さんが受取人になっている生命保険が五〇〇〇万円。その他、銀行三行に合計約一億円がありました。株式などの証券はありません。税理士さんによりますと、分け方にもよりますが、銀行に預けてある現金で、相続税は納められるのではないかということでした。以上です」

この一言で、君子と初美はほっとしたようだった。

(だけど)

とマリは考えた。

(「分け方によっては」というのは、この現金を双子のお義姉さんにあげたりとかすれば、君子さんは相続税分の現金がなくなってしまう、ということよね……)

双子の義姉の希望はあくまで三之谷の本家と、生活費として現金という話だったはずである。

「まずは、君子さんのご希望をあらためて伺いたい。さあ、君子さんはどうお考えですか?」

君子は、今日の話の流れを事前に横井から聞き、心の準備をしていたのだろう。すこし沈黙したが、いつものようにか細い調子で、しかししっかりとした口調で話しはじめた。

「では、私の希望を申し上げます。まず、配偶者の権利として、遺産の半分あるいは一億六〇〇〇万円までは無税で相続できると、この横井さんから伺いました。私の希望はこの家と、生命保険の五〇〇〇万円です。この家に住めるのであれば、土地は子どもたちに分けてもいいと思っています。というのは、ここで私が夫の財産の半分を得たとしても、結局は私が死んだとき、また子どもたちが相続することになる。そのときの相続税を考えたら、今夫から子どもへ直接相続させる分を増やしたほうがいいのではないかと考えたからです。同じ理由で、本家の家の土地も子どもに相続させるのがいいと思います」

「なんですって?」

多満子がじろりと君子を睨み、寿美子も続けた。

「君子さん、この前の私たちの話、ちゃんと聞いていていなかったのかしら?」

「あの、まずは理由を聞いていただけませんか。夫は、お義姉さん方にとても世話になったといつも申しておりました。これからも、お義姉さま方には引き続き、本家のあの家を守って暮らしていっていただきたいと、私からもお願い申し上げます」

「それなら……」

「ここからは、君子さんからはお伝えしにくいことかもしれませんから、事前に君子さんから伺っていた内容を、私がお話ししましょう」

横井が割って入る。マリはぼんやりと、横井はいつのまに君子と話していたのだろうと考えた。

「多満子さんと寿美子さんには、お子さまがいらっしゃいません。大変言いにくいことではありますが、ご寿命をまっとうされた場合、現在おふたりの名義になっている三分の二の土地は、金蔵さんの子どもである初美さん、次美さん、稼頭彦さんの三人が受け継ぐことになります。ですから、ここで多満子さんと寿美子さんに、遺産を渡すために税金を支払い、その後また税金を払って子どもに渡すのは、あまり効率的とはいえません。しかし、いずれにしても家はお二人の名義ですし、いつまでも住み続けていただくことに、変わりはありません。その意味で君子さんは、この山手の土地のすべてを君子さん名義にはしない、という選択を考えていらっしゃるようです」

「それじゃ、この家は誰が相続するの？」

初美が尋ねた。

「この家に今住んでるのは私だから、私？」

すると次美も口を挟む。

「そうとも限らないんじゃない？　三等分か、お母さんと四等分とか」

「なんで稼頭彦まで頭数に入ってるのよ、あの子は相続放棄でしょ？」

「まだ決まってないと思うけど」

「だって、呼んだのに今日も来ないんでしょ」

姉妹が口論に発展しそうなのを見て、横井が強い口調で割って入った。

「今日の集まりは親族会議なので、ここにいないから相続放棄した、ということにはなりませんよ。それに、稼頭彦さんは来ると言っていたんですよね？」

「はい」

次美が確固たる口調で答えた。初美はおもしろくなさそうであるが、それ以上反論することはしなかった。そこへ口を開いたのは、君子であった。

「とにかく、私の希望の第一は、この家を私が相続して私が住むこと。第二は、お義姉さまたちに引き続き、三之谷の本家にお住まいいただくということ、本家の土地の夫が所持する三分の一の部分は、子どもたちの世代に相続すること、です」

「話にならないわ」

多満子は呆れたように言った。重い沈黙が立ち込めたが、横井が静かに話し始めた。

「最初に申し上げた通り、多満子さんと寿美子さんには、法定相続権がありません。そして相続人である君子さんや三人のお子さん方に、金蔵さんの遺産をお二人に分ける意思がない以上、どうしようもないといえます。もしもこの先金蔵さんの遺言が発見され、そこにお二人に譲る旨の遺言が書かれている場合に限り、相続の可能性があります。しかし、たとえそうだったとしても、金蔵さん名義の三分の一の土地を相続して、おふたりにメリットがあるとは思えませんね。おふたりが支払う税金が多くなるだけですよ」

「どういうこと？」

寿美子が反応する。横井はゆっくりと、言葉を区切るように説明した。

「相続してもしなくても、今までと同じようにご本家にお住まいになる。それは変わりません。君子さんもそうおっしゃっていますし、家と土地の三分の二はお二人の名義ですから、法的に問題のないことです。逆に、金蔵さんの土地をもらってしまうと、相続税がかかるうえに、毎年の固定資産税も、これまでより増えることになります」

「そうなの？」

多満子は疑わしそうである。この姉妹は、税金やらなにやらのことにはまったく詳しくないのだろう、とマリは考えた。ここまで相続に関わってこようとするのは、永田家の守り手としてのプライドなのだろうか、それとも先は短いかもしれないが、将来に対する不安ゆえなのだろうか。

「たしかに、国に金ばかりをとられるのは、私も寿美ちゃんも嫌ですけれど。じゃあ、代わりに一筆書いてもらいましょう。私たちは死ぬまであそこに住めると。あとで反故にされちゃかないませんからね。そして、絶対に土地を抵当に入れないこと」

「抵当？」

「君子さんはまだしも、子どもに権利が移ったら、なにをされるかわかったもんじゃないですからね。

特に、初美や稼頭彦みたいに、お金に困っている人なんて、申し訳ないけれど、なかなか信用できないからね」

　寿美子の言葉に初美はさっと青ざめた。次美が聞いた。

「稼頭彦がお金に困っているというのもないし、お姉ちゃんがそんなこと、あるはずないでしょ」

「次美ちゃん。あるはずないこと、ないのよ」

　多満子が気持ちの悪い猫撫で声で言いながら、膝に置いていたハンドバッグをのそのそとまさぐり、何枚かの写真を取り出して、テーブルに向かって放り投げた。しかし力がうまく伝わらなかったのか、写真はテーブルに着地せず、ひらひらと床に舞い落ちる。マリが拾おうとしたのを初美が飛び出すような勢いで引ったくった。

「なんでもないから！」

　しかし、そのうちの一枚は、君子の足元に届いていた。

「初美、これなに？」

　それは、マリと横井が三之谷の本家で見せられた、あの写真だった。隠し撮りではっきりとピントが合っているわけではないが、初美が若い男と歩いていることは一目瞭然だった。

「なんでもないってば！」

　マリは、初美の目に涙が浮かんでいるのを見た。君子は写真をじっと見つめて動かない。

「君子さん」

　多満子は大きな体軀を起こすと、意地の悪い笑みを君子のほうに向けた。

「あなた、やっぱり金蔵がいなければダメなのねえ。一緒に住んでいる娘の素行くらい、気づかないといけないんじゃない？　そんな娘の言いなりになっていたら、大変なことになるわよ。せいぜい気をつけなさいね」

重い沈黙が立ち込めた。次美も事態を悟ったのか、絶句したままなにも言えないようである。初美は俯《うつむ》いて震えていたが、それが怒りのためか、それとも泣いているのかはわからない。

「いいんじゃないですか」

君子の声で、その場の一同はぎょっとしたように君子のほうを見やった。

「いいんじゃないですか。初美に好きな人や恋人がいようが、なんだろうが」

君子の口調はいつものように静かで柔らかかったが、キッパリとした口調である。

（こういうの、君子さんが一番動揺しそうなのに……）

マリは、ふたば荘での稼頭彦との口論を見たこともあり、初美にこんなチャラそうな恋人がいたら、君子は卒倒するのではないかと思っていた。次美からも、君子が大切にしているのは世間体だと聞いていたこともあり、君子が初美のこの恋路（？）を肯定するとは予想外である。それは多満子と寿美子も同じだったようで、弛《たる》んだ肉の奥に見える小さな目をかっと見開いて君子を凝視していた。

初美はマリから奪い取った写真を両手で握ったまま、テーブルのそばに膝をついてじっと動かなかった。

「初美、好きな人がいるのね。お義姉さんたちが言う、お金に困っているって、なに？」

「困ってない！」

初美はキッと君子を睨んだ。次美が尋ねた。

「この人、なにしてる人なの？　稼頭彦くらい若そうだけど」

「どうでもいいでしょ」

「初美」

君子が静かに言うと、初美はびくっと震え、観念したように話し始めた。

「ダンサーで、アメリカに留学したいの。この世界はお金がかかるのよ。今はダンスカンパニーに所属しているけど、研究生だからレッスン代だってかかる。一生懸命やっているから、絶対に花開くときが来ると思う。私、ずっと応援しているの」

（頑張る人は報われる、と思っているのかな）

マリは、次美から聞いた話を思い出した。初美自身が努力家で頑張り屋だから、努力する人を見過ごせないのだろうか。案の定、次美が言った。

「別に、お姉ちゃんが好きならそれでいいと思うけど、『頑張る人は報われる』っていうの、そうとは限らないよ。どんなに頑張っても、芽が出ない人はいるし。才能があってもスターになれない人だっているだろうし」

初美が次美を睨《にら》んだ。

「あんたにはわかんないわ」

「『俺には才能があるんだ』って言ってるスター予備軍なんていっぱいいるよ。お姉ちゃん、だまされてない？」

マリは、言いにくいことをストレートに聞く次美の神経の図太さに、感動すら覚えた。初美は真っ赤になり、ものすごい形相で次美を睨んでいるが、君子と双子の老婆の手前、必死に耐えているようである。

「次美、言い方。それに、いいじゃないの」

君子が言った。再び君子に場の注目が集まる。

「初美だってもういい大人なんだから、誰を好きになろうが、騙されたって、本人の責任です。それを、お義姉さんたちにどうこう言われる筋合いはありません」

最後の言葉は、双子の老婆に向かって放たれた。驚いたのは多満子と寿美子である。

「ちょっと、それはないでしょう」

「せっかくの永田家の資産を、どこの馬の骨ともつかない男につぎ込むなんて、たまったもんじゃないわ」

「それは、初美の自由であり、責任です」

君子が寿美子の言葉を遮るようにして言った。マリは心底驚いたが、初美と次美の驚きはそれ以上である。この双子の老婆に母親がこうも強く出るのは、初めてのことだったのだろう。

「もう一度言いますけれど。夫から引き継いだ資産を初美がどう使おうと、初美の勝手です」

あまりにも強い君子の口調に、その場がしーんとなった。多満子と寿美子の皺《しわ》だらけの口元がわなわな震えている。

「多満子さん、寿美子さん。今日はこれまでにしたらどうでしょう。稼頭彦さんもいらっしゃらないし、また日を改めてということで」

横井が助け船を出すように言うと、それまで影のように身を潜めていた家政婦がすっと動いた。実際、多満子と寿美子もずいぶんくたびれたようで、反論する気も起きないようである。家政婦が介添するのに逆らいもせず、時間をかけてのそのそとリビングを出ていったが、もはやこちら側には一瞥《いちべつ》もくれなかった。

玄関のドアの閉まる音がして、次美が口を開いた。

「お母さん、結構言うね。でも、そりゃそうだよね。……私、ちょっと芽衣を見てくるから」

初美にずけずけと言った手前、なんとなくいづらいのだろうか、次美がそそくさとリビングを出ていった。横井とマリも、君子と初美に対してなにを言うこともできず、黙っているしかなかった。

そこに、「わ!」という次美の声が響いた。

「どうしたんでしょう?」

君子が不思議そうに次美の行った先を見やる。話題が変わり、初美の顔が心なしか明るくなったように見えた。そこに、芽衣を抱いた次美と、続いて稼頭彦がリビングに入ってきた。

「稼頭彦、来てくれたのね!」

君子は立ち上がって稼頭彦のほうへ駆け寄った。稼頭彦はバツが悪そうな、居心地の悪そうな顔をしている。

「この子、芽衣と一緒にテレビ見てたのよ。こっちに来ればよかったのに」

次美が呆れたように言った。

「だって、あの妖怪ババアがいるってわかったから。帰ってから顔出そうと思ってた。それで二階で待とうと思ってたんだけど、あっちの部屋を覗いたら、この子がテレビ見てたから、そこで待ってた。これ、次美の子でしょ」

芽衣は、初対面であろう稼頭彦に対しても物怖じしなかったようである。人懐っこい子だな、とマリは思った。

「お父さんはいないけど、家族全員が揃うなんて、久しぶりよね。私が結婚式を挙げればそろったかもしれないけど、挙げなかったし」

「そうなんですか？」

マリが驚くと、次美はマリを見て笑って答えた。

「新婚旅行を兼ねてヨーロッパに行って、むこうの教会で、夫とふたりだけで挙式したのよ」

（素敵！　まあ、この親族をみんな呼んで日本で結婚式を挙げるより、ストレスがないのかも……）

「それで、どうするの？」

次美が聞いたが、君子も初美も稼頭彦も黙ったままである。すると、横井がおもむろに口を開いた。

「それでですね。ここからが、親族会議の本番です」

＊

「先ほど、多満子さんと寿美子さんの前では話しませんでしたが、君子さんは、相続に関して他にも希望があるんですよね」

横井が君子を見つめると、君子がうなずいた。

「ええ。それは、この子たち三人が揃ったらお話ししようと思っていたことです。一番言いたかったことかもしれません。相続に関する、私の最後の願いです。せっかくお父さんがこれだけの財産を遺してくれて、三人で分けられるだけの財産です。だから、三人にみんなもらってほしいと思っています。それは稼頭彦も含めて」

「だから俺は」

稼頭彦がさえぎろうとするのを、横井が手で制した。

「みなさんはご家族ですから、親しく近い関係だからこそ、感情がストレートに表せるものでしょう。しかし相続の問題においては、それがこじれる原因にもなりえます。実際にそうしたケースは多いのですが、私は、ご家族の全員でちゃんと、素直な気持ちを話し合えば、絡まった糸がほぐれると考えています」

稼頭彦がぐっと黙り込んだ。横井は誰も反論しないのを確認し、静かに先を続けた。

「稼頭彦さんは、相続を放棄したがっていた。それはきっと、金蔵さんに対する感情的な問題が大きいのではないかとお察ししています。稼頭彦さんが望まないのであれば、それもいいでしょう。しかしそれにあたっては、ちゃんと事実を知ってからご判断いただきたいと思います」

「事実ってなんだよ？」

稼頭彦はケンカ腰である。君子がハラハラした様子で稼頭彦を見ているが、なにも口を出さなかった。

「稼頭彦さんにこれまでなにがあったのか、それでどんな気持ちを抱き、今はどんな考えを持っているのかは、稼頭彦さんご自身にしかわかりません。ただし、金蔵さんの気持ちを知らなければ、稼頭彦さんも公平な判断ができないのではないでしょうか」

「それって、稼頭彦の生活費を、お父さんが出していたということ？」

初美が尋ねた。どうやら、先日のふたば荘でのやりとりを、君子から聞いたようである。

「それもあります。金蔵さんは、稼頭彦さんを勘当するという振る舞いを見せていましたが、その実、君子さんを通して生活費を与えていた。もちろん、住む家のこともそうです。光熱費も出していた。本気で縁を切る気ならば、自分のアパートも与えずに家から放り出したでしょうね。金蔵さんは、稼頭彦さんを心配していたのではないですか？」

最後の質問は、君子に向けられたものである。

「はい、夫は口には出しませんでしたが、稼頭彦のことをいつも心配していたと思います。前に横井さんと浜野さんにはお話ししましたが、夫がよく、あの稼頭彦の絵をじっと見ているのを、なんども見たことがあります」

君子の視線の先には、マリが初めてこの永田邸を訪れたときに話してくれた、稼頭彦が子どものころに描いたという絵が飾られていた。上手とはいえ子どもの描いた絵は、この豪奢なリビングから明らかに浮いている。

「君子さんは、二次相続における懸念から、ご自分の相続分を減らして子どもに分けたいとおっしゃいました。これによって、初美さんも次美さんも稼頭彦さんも、君子さんが亡くなった後の相続税の負担

ならないわけね」

「そうか、いつかお母さんが死んだら、その資産を私たちが相続して、それぞれが税金を払わなければならないわけね」

相続に明るくない次美が、やっと納得したように呟いた。

「おっしゃる通りですよ。近年では、この二次相続の問題が話題になっていて、あえて配偶者ではなく、子どもに多く相続させたいという人が多いのです」

「だから、お母さんがこの家の土地もいらないというのはわかったけど……」

初美はまだ納得しない顔である。

「そもそも、最初に君子さんが考えたのは、本家の土地のことですね。多満子さんと寿美子さんとの確執を避けたかったのではないでしょうか。しかし先ほど私がご説明したように、本家の土地は、現在お姉さんたちが所有している分も含め、最終的にはすべて初美さん、次美さん、稼頭彦さんに受け継がれます。すると、金蔵さんの持ち分は、この時点で三人のお子さんが相続するのが合理的でしょう」

「だから、この山手の家も同じようにしたらいいと思って、横井さんに相談したの」

君子が口を挟むと横井が付け加える。

「もしまったく『同じ』にするとすれば、本家の家屋の所有者であるお義姉さんたちは、土地の所有者にもなっていますから、この家の土地も、君子さんも相続する形になりますが」

「半分がお母さんで、あとの半分の土地を、三分の一ずつ私たちで分けるってこと？」

次美が尋ねた。

「それを判断するには、遺産全体の相続バランスで考えたほうがいいでしょう。土地一つひとつを等分して、要はすべての不動産資産を三分の一ずつ相続すれば、書類上の数字や相続額からいえば、平等になるかもしれません。しかし、あとでその土地を売ったり建物を建て替えたりするときに、全員の了解が必要になるから、土地の活用という面では支障になりやすい。平等に分けたのは親族が争わないためのはずなのに、結局新たな争いのタネになるのでは、意味がありませんね。問題の先送りになるだけです。もしも永田家の土地が山手の家しかないなら、この三等分という方法もいいかもしれませんが、他に不動産があるんだから、それぞれの土地は、できるだけ相続者を少なくするほうが、後々トラブルになりにくいでしょう。逆にいえば、『この土地はお前の好きにはさせない！』というような牽制《けんせい》が必要な場合は、等分するほうが安全ですが」

マリの言葉に横井はうなずいた。

「金蔵さんが本家の土地を三分の一持つことにこだわったのは、そういう気持ちがあったんですかね？」

「でも、みなさんの場合は等分しないほうが賢明だと思います。ここからは、私が君子さんの意向を汲んだうえで、不動産のプロとして、資産の分け方をシミュレーションしてみましたので、一案としてお聞きください。

まず本家の土地の三分の一は、稼頭彦さんが引き継ぐのがいいかと思います。多満子さんと寿美子さんが住んでいる間は、彼女たちが住み続けますから、この土地は基本的に動きません。そう考えると、持っていても持っていなくても同じようなもので、あまり遺産をもらうことに積極的でない稼頭彦さんがいいように思います。固定資産税を払う必要はありますが、稼頭彦さんはすでに収入がありますから、さほど問題ではないでしょう。多満子さんと寿美子さんが亡くなった場合は、彼女たちの持つ部分を稼頭彦さんが相続して、好きにすればいい。

さて、山手の家ですが、家屋を君子さんに、土地は次美さんに相続すればいいでしょう。今住んでいるのは初美さんですが、初美さんは、ゆくゆくはこの家を出ていく可能性だってある。それに次美さんに話を聞くと、現在のアメリカ住まいは一時的なものであって、ゆくゆくは日本に帰ってくるそうですね」

「ええ、夫のアメリカ赴任は数年の予定ですから。もしかしたら、今年か来年に辞令が出るかもしれないそうです」

「それに、次美さんのご主人と君子さんの関係は極めて良好だとのことですから、次美さんご一家がこの家に住む可能性もなくはないでしょう」

「だから、私をこの家から追い出すということ?」

初美は不服そうである。その不満を鋭敏に感じ取り、横井は先回りするように言った。

「初美さんは、その代わりに別の資産を引き継げばいいのではないでしょうか。それが、みなとみらいのタワーマンションです」

なるほど、と、マリは納得した。横井の思惑がわかった気がした。

「具体的には、これは初美さんが相続する。賃料も順調に入ってきている収益物件です。ローンの支払いや維持費などの管理面も、初美さんみたいなしっかりした人なら安心です。それに、ゆくゆくは結婚されるにせよされないにせよ、万が一初美さんがこの家を出たいときに、このマンションに住むという選択肢もあります。これは最新式のタワマンで、ひとり暮らしでも二人暮らしでも余裕のある広さですし」

初美の顔がぱっと輝いた。そのことはまったく考えつかなかったようだ。

「へえ、お姉ちゃん、いいなぁ」

「次美さんは小さいお子さんがいますから、マンションよりもこの広い家のほうが住みやすいかもしれませんね。それに、娘さんは君子さんにも懐いているようですし」

横井が言うと、今度は君子の顔が明るくなった。おそらく、娘一家と一緒に暮らす生活を想像したのだろう。

「そして石川町の民泊アパートは、稼頭彦さんが相続します。将来的にはその一室に、稼頭彦さんが住むこともできます。賃料はそのぶん少なくなりますが、現在稼頭彦さんが住んでいる『ふたば荘』は、売るにしても貸すにしても、リノベーションは必須です。ちょうど稼頭彦さんは引っ越しするということですから、いいタイミングでしょう。民泊というと大変そうに思えますが、管理は管理会社に依頼すればいいし、さほど大変ではありません。口座の管理くらいですから、君子さんや稼頭彦さんで十分対応できるでしょう」

稼頭彦は黙ったままだ。横井が続ける。

「これはあくまでたとえばの話、活用の一案ですが。石川町のふたば荘は、利便性がとてもいい立地です。リノベーションするとか建て替えるなど、いろいろな選択肢が考えられます。現状では三人のお子さんで相続して、今後どのように活用するかを検討してみてはいかがでしょうか。リノベーションにしても建て替えにしても、新たに借入をして進める必要がありますが、好立地なので、リスクが低い、よい投資になると思います」

なんとなくイメージがつかめたのか、稼頭彦の表情がなんとなく和らいだように、マリには見えた。

「最後に現金ですが、これは君子さんが相続するのが良いでしょう。約一億ということですから、山手の家屋と合わせても配偶者の控除内におさまります。ただ、金蔵さんは、貸宅地をたくさん持っています。いわゆる借地ですね。持っている底地にも四割分の相続税がかかりますから、借地をどう相続するかによって、現金の配分は考えていく必要があります」

そこで横井は一度口を閉じて、その場の反応をうかがった。しばらくして、初美がぽつりと言った。

「まあ、仮にそういうふうに分けたら、なんだかうまくいくような気がするけど……」

「相続は、ご家族の問題ですから感情の関わることではありますが、感情だけを優先してはいけないというのが最大のポイントなんですよ。大事なのは、『それを相続することで、どんな未来があるか』という絵図を、なるべく具体的に引くことなんです。相続自体は一過性というか、ひとつのイベントでしかありませんが、相続した資産はその後永続的に相続人に関わるものなのですから」

「おれが遺産はいらないというのも、感情を優先した結果だと言うわけ?」

それまで一度も発言しなかった稼頭彦が口を開き、その場が凍りついた。横井は稼頭彦を見てゆっくりとうなずいた。

「相続は、感情的に『現金ができるだけ欲しい』とか『これはいらない』『あの人にはあげたくない』でシミュレーションしないほうが賢明なのです。関わる人全員が幸せになる道を探すのが、私の仕事です。そしてそれは、君子さんのご希望でもありますね」

君子ははっとしたように言った。

「横井さん、私があのときに言ったことを、覚えてくださっていたんですね」

君子のいう「あのとき」とは、前回永田邸から帰るときに、君子と横井が門のところで交わした会話である。

「それに、現状では古くてもらいたくない、と誰もが考えるような不動産資産であっても、ちょっと手を加えることで価値が大きく高まり、状況が改善する可能性は大いにある。それは、家族関係においても同じことではないでしょうか。『家族の問題だから放っておいて』という見方も否定はしませんが、かえって関係のない他人がすこしだけ手を貸すことで、もつれていた糸が意外にするっとほどけることもあると思うのです」

その言葉に、今度は初美がはっとする番だった。マリは金蔵の書斎で金切り声を上げた初美のヒステリックな様子を、いまだにまざまざと思い出せる。

「アパートで修繕に資金を必要とするようなところでも、その後回収できる見通しが立てば投資も積極的に行えるし、分け方も変わってきます。不動産の相続は、面倒な面もありますが、だからこそ奥が深いんですよ。どう活用するかで価値ががらりと変わってきますから。それが醍醐味《だいごみ》でもあります」

横井はまた言葉を切ったが、続いた沈黙はさっきとは異なり、温かい雰囲気に満ちているようにマリには感じられた。

「それで、アメリカの不動産は？」

次美が尋ねた。

「それは、次美さんを中心に三人のお子さんが相続して、これからの運用は次美さんにお任せするのがいいのではないでしょうか。次美さんは、当分はアメリカに住むようですから、物件によっては現地を見ることもできます。アメリカの不動産は投資物件ですから、ある程度、五年間ほど保有したあとは売却して現金にされますので、後々に分け方でもめることもありません」

そこで横井は稼頭彦に顔を向け、しっかりした口調で語りかけた。

「稼頭彦さんは、金蔵さんの地主という職業を嫌っていたそうですが、この地主という職業の実態を知らなければ、相続を放棄するか否かを公平に判断できないのではないでしょうか。そもそも金蔵さんが持っていた土地は、金蔵さんのお父さんから引き継いだ土地で、長い歴史があります。相続した土地の多くは借地として貸しています。それは、ここに住む人々を救ってきた土地でもあるんですよ」

この言葉に、稼頭彦を含めた全員が怪訝な顔をしたが、本牧のバーですでに話を聞いていたマリには、横井の言わんとするところが飲み込めた。

「かいつまんで話しますが、戦時中、この辺りは焼け野原になりました。そしてアメリカの進駐軍がやってきた。そういえばこのお宅も、この辺りの外国人の方のお宅を参考に建てた、とおっしゃっていましたね」

君子が静かにうなずく。

「そして土地の大半が接収、つまり進駐軍に占領されて、もとから住んでいた人が追い出されてしまった。ずっとこの土地に住んでいたにもかかわらず、です。そういう人たちの心境を思いやると、私は心が痛みます」

横井はそこで一瞬黙った。その場にいた全員も押し黙り、続く横井の言葉を待っているようである。

「彼らを救ったのは、幸運にも接収を免れた土地を持つ、近隣の地主さんたちだった。浜野くん、彼らはどうしたんだと思う？」

突然話を振られてマリはドギマギしたが、じっと考えてから答えた。

「えーと、立ち退かされた人たちを住まわせたとか？」

「その通りだ。もちろん、全部が全部そういう理由の借地ではないだろうけどね。とにかく、戦後すぐのことだから、この決断をしたのは金蔵さんではなく金蔵さんの父、つまり稼頭彦さんたちのお祖父さんだ。お祖父さんは戦前から大地主だったわけで、このときは緊急事態と考え、地主の責任と善意で住まわせたのだろう。だから権利金を支払うとか契約を交わすとかもしていないところが多いんだ。ところが戦後の混乱が終わり、進駐軍が撤退して、貸していた土地をいざ返してもらおうとすると、旧借地法では圧倒的に地主が不利なんですよ。一九九一年に新しい借地借家法が制定されるけれど、それ以前に契約したものについては、引き続き旧借地法が適用される。だから、相続税を支払うために土地を売ろうと思っても、借地の上に住む人が居座ってどうにもできない、という事態が発生した。そのうえ、お祖父さんが亡くなったのは一九九八年でしたね。土地バブルも崩壊したあとだから、借地でない土地を売ったとしても、現金化はひところほど容易ではなかったでしょう」

「あの、でも、それはあくまで、横井さんの想像ですよね？」

初美が口を挟む。しかしその口調に、これまでのヒステリックな鋭さは消えていた。横井はじっと考え込むようにして黙っていたが、やがて意を決したように口を開いた。

「実はですね、私は、生前の金蔵さんと知り合いだったのです」

「は？」

そう言葉を発したのはマリだけではない。その場にいる全員が、穴の開くほど横井を凝視していた。

「だって、横井さん、そんなことはひとことも……」

「君子さん、このことを話さずに、すみませんでした。でもそのほうが、ことがスムーズに進むと考えたものですから」

マリはこれまでの横井の言動で心に引っかかっていたことが、ようやく解きほぐされていく気がした。君子が初めて事務所を訪れたときの「ああ、金蔵さんの奥さんですか」という言葉。あれは、金蔵自身を知っていたから出た言葉だったのか。そして、「遺言があればなあ」とたびたび呟いていたこと。あれ、もしかすると、とマリは考えた。

（もしかすると、金蔵さんは遺言を書いていた？　そして、そのことを社長は知っていたのでは？）

マリの疑念は膨らみ続ける。

「横井さんは、お父さんとどこで知り合ったんですか？」

芽衣を膝に乗せた次美が尋ねた。芽衣は大人の話に飽きたのか、いつのまにか次美の膝の上で眠っている。

「出会ったのは石川町の、『グラン・カーヴ』というバーです。私も金蔵さんもそこの常連で、たまたま同じ日に居合わせて話したことがあって、お互いこの辺りで生まれた人間だったこともあり、昔話とかですぐに意気投合しました。それからは、店で行き合わせると、よく話をするようになったんですよ」

「そんなところで知り合った人間に、うちの事情を話すかしら？」

初美の顔に不信感が表れていたが、無理もないだろう、とマリは思った。

「私はこういう不動産とか相続の仕事をしていて、情報紙の『タウンニュース』でコラムの連載をしているせいか、いろいろな場所で相続のことを相談されるんですよ。まあ酒場での話ですし、いち意見として自分の考えを述べるくらいしかしませんが。それに、グラン・カーヴには知り合いも多く、その日も他のお客さんから、相続した不動産の活用について相談を受けていました。するとそれを聞いていた金蔵さんが、『相続関連のお仕事ですか』と、話しかけてきたんです」

「たしかに、夫は夕食のあと、ひとりでふらりと飲みにいくことが多かったのですが、通っているお店までは知りませんでした。それに、家ではほとんど話さなかったのに、外でそんなふうにあまり知らない人に話しかけるなんて……」

君子は、知らない夫の姿に目を白黒させていた。稼頭彦が横井に尋ねた。

「それで、親父は、そういう話を横井さんにしたんですか？」

「詳しく聞いたわけじゃないですよ。ただ、『相続では苦労した。このままじゃ子どもたちの代が心配だ』とはよく言っていましたね。それと、とにかく貸宅地、いわゆる借地を気にされていて、なんとかしたいともおっしゃっていました」

「……」

「最初はグラン・カーヴで会ったとき、世間話のついでという感じで、一般論でアドバイスをさせていただいていました。借地の解消にはそれなりの手法を駆使しても、一〇年はかかると思う、というようなことを伝えたのですが、すると、あるとき事務所に金蔵さんが来たんですよ。そして正式にコンサルティングを依頼してくださったんです」

マリは今度こそ、開いた口が塞がらなかった。社長の秘密主義には慣れたつもりだったが、ここまで大きな事実をこれまで教えてくれなかったなんて！

「それで、その問題の借地とかいうのは、まだ残ってるんですよね？」

次美が尋ねる。

「借地の中でもいくつかの種類があって、借地人に売れそうなもの、少し値は安くなるけれど、話がまとまれば借地人がいてもそのまま底地を買ってもらえそうなもの、現在はどうにもならないものと、いろいろあります。私は、まずはそれを整理するところから始めました。先日このお宅にお邪魔したときに書類を拝見しましたが、借地に関しては、この一〇年で高値で売れるものは、だいたい処分したようですね。そのお金でアメリカの不動産やみなとみらいのタワーマンションを買ったのでしょう。これは私が『資産の組み換えをやったほうがいい』とアドバイスした通りで、アメリカの不動産の購入は私もお手伝いしましたが、みなとみらいのタワマンは、金蔵さんが独自に購入したのだと思いますよ。私は仲介していませんでしたから」

一息に話していた横井はそこでふっと息をつぎ、再び話し始める。

「私が金蔵さんにアドバイスしていたことは、大きく三つありました。資産の整理と組み替え、そして遺言を書くことです」

（やっぱり！）

マリは先ほどの自分の疑念が当たったことを知った。

（社長は、生前の金蔵さんに、遺言を書くように勧めていた。だから、遺言があるはずだと考えていたんだ）

「でも、遺言はありませんでした」

君子が首を傾げて初美を見た。初美も首を横に振る。このふたりは、金蔵の死後に彼の遺品を整理したから、遺言があればとうに見つかっているはずである。

「それに関しては、私も不思議です。金蔵さんには『相続で遺された人がモメないためには、遺言が必要です。それも、被相続人の意思が付記された付言事項付きのものがいい』と言ったところ、納得しておられました。でも、人間、自分がいつ死ぬかなんてわかりませんし、金蔵さんもずっとお元気で病気知らずだったといいますから、残りの借地も整理してすっきりしてから書こうと思っていたのかもしれませんね」

「あの、不勉強ですみませんが、フゲンジコウというのは？」

君子が尋ねた。

「一般的に遺言というのは、『この資産を誰にどう相続させる』という『資産の分け方に関する決定事項』が書かれています。しかし、そのような『決定事項』だけでは、なぜそう分けるのかの『理由』が書かれていないため、相続人としては納得しがたいことも往々にしてあります。そこで、『こういう考えのもとに、この資産をこの人に相続させる』という、被相続人の『意思』などを記したものが、付言事項です」

たしかに、とマリは内心で納得した。先ほど横井が披露した資産の分け方のシミュレーションだって、「初美が将来的に住めるように、みなとみらいのタワマンを」「次美が日本に戻ってきたときに家族で住めるよう、山手の家を」といったように、その意図やねらいを聞いていなければ、それぞれがこの分け方に納得できたとは思えない。

「でも、遺言がなくても、相続人同士が分け方に納得できればよいのです。君子さんと初美さん、次美さんは、先ほどの私の提案をどう思われますか？」

横井はそこで三人の女性を見たが、誰からも異論はないようである。横井はうなずき、稼頭彦のほうを向いた。

「とすると、あとは稼頭彦さんです。稼頭彦さんは、やはり相続を放棄することを望みますか？」

稼頭彦は黙っていた。その長い沈黙の間、その場の一同はじっと稼頭彦を見つめている。やがて、稼頭彦が意を決したようにポケットに手を突っ込み、白い封筒を取り出した。

「あのさ、隠してたわけじゃないんだけど。これ、そいつが持ってた」

シワの寄ったその封筒には、「資産の分け方について」と、力強い毛筆でしっかりと記されている。

稼頭彦は君子にその封筒を差し出した。

「あの人の字だわ！」

封はされていなかった。君子は中を見ると、躊躇なく横井に封筒を渡した。

「あの人の遺言だと思います」

た。


「金蔵さん、やっぱり書いていたのか」

「あったんですね！」

マリも思わず声を弾ませる。遺言さえあれば。これまでため息まじりに、何度も考えてきたことだった。

「どうして芽衣がこれを？」

次美が驚いた声で稼頭彦に尋ねる。

「さっき一緒にテレビ見てたとき、ぐちゃぐちゃに握りしめてたから、『それなに？』って聞いたんだ。そしたら『うえでみつけた』って言ってた。それでてっきり、この会議のための書類のひとつを、芽衣が持ってきちゃったんだと思って、とりあえず俺が預かったんだけど、これ、みんな知らなかったんだな」

「あっ、めいのおてがみ！」

いつのまに目覚めたのか、芽衣が次美の膝から身を乗り出して、問題の封筒を指差した。初美がしゃがんで芽衣に視線を合わせ、やさしく話しかける。

「芽衣ちゃん、あのお手紙、どこにあったの？」

「えーとねえ。うえのへや。パソコンのへや」

「おい、それってまさか、俺の部屋じゃないだろうな」

稼頭彦が顔をしかめる。

「ごめんごめん、芽衣、はしゃぎまくって、全部の部屋をひっかきまわしてたからさ」

次美が謝ったが、反省の色はまったく見えず、むしろいたずらっぽい笑みを浮かべていた。

「パソコンの部屋の、どこにあったの？」

初美が続けて尋ねる。

「えーと、しゃしんのほんのなか」

「写真？」

「うん」

「それって」

君子がはっと気づいたように呟いた。

「アルバムでしょうか。稼頭彦の」

「はあ？」

「だから、あなたのアルバムよ。お母さん、みんなそれぞれにアルバムを作っていたでしょう。小さいころからのをまとめて。いつかお嫁に行ったり独り立ちしても持っていけるように。初美が青い表紙で、次美がピンクで、稼頭彦が緑で……」

「アルバムの表紙の色はどうでもいいからさ」

初美が苛立ったように言った。そこに次美が口を挟む。

「でも、そういうことなんじゃないの？」

「なにが？」

次美があっけらかんとした口調で続けた。

「お姉ちゃんたち、お父さんの部屋を探して、遺言は見つからなかったんでしょ。でも、稼頭彦の部屋にあったわけでしょ。それがお父さんの意思なんじゃないの。お父さんは稼頭彦のことを心配していて、稼頭彦のことを考えながら遺言を書いて、だからそのアルバムにしまっておいたんじゃないの」

それを聞いた君子が突然両手で顔を覆い、啜《すす》り泣きを始めた。

第九章　三之谷の会合

永田家の遺産分割協議が三之谷の本家で開かれると聞いて、マリは横井に尋ねた。

「なんで本家に集まるんですか？」

横井はいつものように、デスクでゴルフクラブを磨いている。ヘッド、シャフトと磨きながら、横井はマリの質問に答えた。

「まあ、本家のふたりは外出が大変みたいだろうしな。さて、どう出るだろうな」

横井の口調はどことなく楽しげである。

「それにしても、本当にありましたね、遺言」

「うん」

「社長、こうなることがわかってたんじゃないですか？」

「まさか」

「それにしても、稼頭彦さんの部屋にあるとは……」

「君子さんは稼頭彦さんの部屋を、彼が出て行ったときのままにしていた。金蔵さんはその部屋にときどき入っては、アルバムを見たりしていたんだろうな。リビングの絵も眺めていたというから。そして、最近は稼頭彦さんの机で遺言を作成していたんだろう」

「それをアルバムに挟んでいた。そして突然心筋梗塞で倒れて、そのありかを誰かに伝えることができなかった……」

「君子さんは、稼頭彦さんの部屋のものは、さわらないようにしていたそうだからな」

「社長的には、ホールインワンってところですよね」

マリの言葉に、横井は首を振った。

「そんなイチかバチかの勝負じゃないな。たとえるなら、三〜四ヤードのパットを沈めたときの気分だね。針の穴を通すくらいの緻密さ。それが生んだ奇跡のバーティーゲットってところかな」

ゴルフに疎いマリに横井の言葉はまったく理解できなかったが、しみじみと感慨深かった。二月半ばに君子が事務所を訪れてから一ヶ月半が過ぎていた。

「あの、私、ちょっとわからないことがあるんですけど」

「うん？」

横井はクラブを磨きながら、適当な調子で答える。マリはため息をついた。

「あのとき、君子さん、初美さんの恋人に対して『いいじゃない』って、すごくきっぱり言いましたよね。私、てっきり取り乱すかと思っていました。だって、稼頭彦さんに対してあんな過保護で、世間体を気にするタイプの人なんですよね。どうして初美さんに関しては、あんなに毅然とした態度でいられたんでしょう？　あの怖い双子のおばあさんに対しても」

それは、あの親族会議の日から、マリがずっと考えていることだった。重大なことはなんでも人に相談して物事を決めそうな、見るからに頼りなさげな君子である。稼頭彦に関してはやたらと干渉したがり、すぐに援助しようとして、彼の自立を妨げているふうにも見える。そしてずっと一緒に暮らしている初美のことを心底頼っていて、金蔵の葬儀のさまざまなことも初美に任せっぱなしだったと聞いた。その君子がなぜ、初美が得体のしれない男と付き合っているらしいと聞いても、まったく動揺しなかったのだろうか。横井は相変わらずクラブを磨きながら答えた。

「君子さんは、あれでいてなかなかしっかりした人だよ。だって、あの本家のふたりにずっと言われながらも耐え忍んできた人だからね。強いといってもいい。だから、娘の恋人問題を好き勝手言われて、母親としての本能というか、娘を守ろうという気持ちが働いたのかもしれないし、女性同士だからわかることもあるだろうしな」

「だから異性である稼頭彦さんには、あんなに過保護になっちゃうということですか?」

「稼頭彦さんに対しては、負い目があるんだろう」

「負い目?」

横井はようやくクラブを磨き終えたようだ。

「責任というのかな。地主という生まれのせいで稼頭彦さんがいじめられた、そしてそれを理由も聞かずに責めた、まあ、責めたのは金蔵さんだがね。そして追い出した、一連のことに対して、『もっとこうすればよかった』というような気持ちが残っているんじゃないか。だから、稼頭彦さんのご機嫌とりのような、過干渉ともいえるような対応をしてしまうんだろう」

(そうかもしれない)

マリはなんとなく合点がいった。君子の稼頭彦に対する態度はまさにご機嫌取りで、稼頭彦に嫌われたくないという切実な願いがうかがえる。

「それに、稼頭彦さんは中学生のときから引きこもりで、同じ家にいながら、あんまり顔を合わせていなかったようじゃないか。だから、君子さんにとって彼は、いつまでも小さな子どものままなんじゃないかと思う。初美さんとは普通に暮らしていただろうから、その変化もわかるけれど、稼頭彦さんの変化というか成長についていけないんだろう」

なるほど、とマリは納得した。同時に、このこじれた家族がかわいそうになった。

「どうなりますかね、遺産分割会議」

マリは大きなため息をついた。

「浜野くん」

「はい？」

「遺産分割会議じゃなくて、協議だからな。遺産分割協議」

＊

本家の門柱は、当たり前であるが前回来たときと変わらない様子で聳《そび》え立っている。横井がインターホンを押して名を告げると、おそらく山手の永田邸に同行した家政婦だろうか、「はい、どうぞ」とそっけない声が返ってきた。横井とマリは長い道を進み、本家の玄関に入っていく。

前回と同じ座敷には、以前と同じく仏壇の前に双子の姉妹が陣取っていた。その向かい側に君子、右横に、初美と次美が座っていた。芽衣は次美の膝でおとなしく絵本を読んでいる。すこし離れたところに稼頭彦が座っていた。横井とマリは初美たちの正面、つまり双子姉妹の左横にある空いている座布団に座った。

「遅かったじゃないの」

多満子が嫌味を言う。

「芽衣ちゃんがいるんだから、手短にね。まあ、おとなしくていい子だけれど」

寿美子の言葉に、おや、とマリは思った。よく観察すると、ふたりは次美の膝の芽衣を見ては顔をほころばせているようだ。小さい子どもというのは、その場の雰囲気を和ませるパワーがあるらしい。

「お待たせして申し訳ありません。ではさっそく始めさせてもらいます。横井さんお願いします」

君子が口を開き、横井が続けた。

「みなさん、これまでに本家で一回、山手のお宅で一回、親族会議にご参加いただき、ありがとうございました。これまで欠席することもあった次美さんと稼頭彦さんが本日は参加していますので、今日は正式な遺産分割協議の場となります。遺産分割協議は、法定相続人全員が出席していることの他に、正式な記録が必要です。本日の記録は、弊社の社員である浜野マリが責任を持って付けさせていただきます」

「浜野です。どうぞよろしくお願いいたします」

マリも挨拶した。この仕事を担うことは、数日前に横井から聞かされていた。自分がここまで重大な役割を任されることを知って、初めのうちこそ嬉しくて飛び上がったが、そのうちに緊張と不安がむくむくと膨れ上がってきた。そして今は、心臓がドクンドクンと大きな音で鳴っているようである。横井はそんなマリの内心を知ってか知らずか、いつものように淡々と続けた。

「では、経緯を説明させていただきます。これまで永田金蔵さんの遺産をどのようにみなさんで分割するかについて、たびたび話し合ってきました。その際、遺言がないために不明な事象がありましたが、先日遺言に相当するものが見つかりましたので、みなさんの前で発表する機会を作っていただいた次第です。遺言に相当する、という表現をしたのは、これが、法務局が保管したり、公証役場によって公正証書と認められた正式な遺言状ではないからです。おそらく、正式な遺言にする前の、下書きのようなものとして作られたと想像できます。そこには、金蔵さんが、自分の遺産を誰にどう分けたいか、その気持ちが込められていますので、『付言』として十分効力のあるものです。今回、この付言事項相当の書状は、稼頭彦さんの部屋で見つかりました。最初に、封筒の中に一緒に入っていた、金蔵さんから稼頭彦さんへのお手紙を読み上げたいと思います。これは稼頭彦さんへの個人的なお手紙ですが、このことは稼頭彦さんにご了承をいただいております」

マリは稼頭彦をちらりと見た。稼頭彦は無表情だったが、この場にいるということで、彼の気持ちに変化があったことは十分に察することができた。

「稼頭彦へ。いつかきっとここに戻ってくれると思う。もしも相続でなにか困ったことがあれば、同封する名刺の人に相談しなさい。父より」

「その名刺の人が、あなたというわけなの？」

多満子が怪訝《けげん》な声で尋ねた。

「すでに君子さんたちにはご説明しましたが、私は、金蔵さんから資産のコンサルティングを依頼されていました」

そこで君子がすっと立ち上がって多満子と寿美子に近寄り、その前に一枚のハガキを置いた。

「これも一緒に稼頭彦のアルバムに挟まっていました。横井さんから夫への年賀状です」

マリの座っているところからも、その年賀状が横浜ポートシティ不動産の昨年の年賀状であることがわかった。

「『お元気ですか？　また飲みましょう』……横井さん、あなた、字、へたねえ」

寿美子がじろりと横井を見て言った。

「先日は、このことを言い出すタイミングを失いまして、失礼いたしました。というわけで、そうした経緯から、本日の進行を任せていただいております。どうぞご了承ください」

横井は、ふたりの老婆に向かって軽く会釈をしてから再びあとを続けた。

「できれば、ここからは稼頭彦さんにお願いしたいのですが……」

稼頭彦は凄まじい勢いでブンブンと首を横に振る。横井は稼頭彦に向かってうなずいた。

「では、私が代理で読み上げさせていただきます。

＊

稼頭彦へ。

お前がいじめを受けていたことを知らず、頭ごなしに叱ったことは、申し訳ないと思っている。お前が地主という仕事を嫌っていたこともわかっているが、まずは話を聞いてほしいと考えて、手紙を書くことにした。

　戦争でアメリカに負けたとき、この辺りはアメリカに占領され、土地は有無を言わせず接収された。永田家の土地も、本家の土地はなんとか免れたけれど、中には接収されたものもあった。また、接収されて行き場を失った人たちを救うのも地主の務めで、お前の祖父は、接収を免れた自分の土地に、そういう人たちを住まわせた。まさか接収が三六年にも及ぶとは誰も思わなかったが、それでもずっとそこに人を住まわせることにした。

　その土地をお父さんが相続をしたときに、土地の価値は高騰していたため、多額の相続税が発生した。土地を処分しなければ税金が払えなかったが、借地の土地（底地といいます）は人が住んでいるので、容易に売ることはできない。出て行ってくれとも言えず、それで結局は、手放したくない土地を売ることになった。

　当時、最も買い手が集まった土地は本家の土地だったが、多満子伯母さんと寿美子伯母さんはそれを許さなかった。それはふたりがその家に住んでいたこともあるが、ふたりにとって本家を守ることは、地主としての誇りを守ることでもあったからだ。私の母は早くに亡くなったので、自分は多満子伯母さんと寿美子伯母さんに育ててもらったようなもので、それは感謝している。そして昔の三之谷の家には、たくさんの人が出入りしていて、にぎやかだった。ふたりはその時代を知っていて、地主としてプライドを持つことは、とても大切なことだとも思っている。近所からも『三之谷の永田家はさすがだ』と噂されていた。本家の土地は地主の象徴で、現に、当時たくさんの土地を持っていた近隣の大地主の家は、本家の土地を売ったあたりからバラバラになっていった。一時期は、本家を売れば楽になると考えたこともあったが。

しかし、自分では売ることも使うこともできない土地のために、固定資産税を毎年払わなければならないことには、どうしても疑問が拭えなかった。このまま多くの借地を持ち続けることにも不安があった。もしも今のまま死んだら、お母さんやお前たちが、自分と同じように相続で苦労するのが見えていた。

そんなときに、名刺を入れた横井氏と出会って考えが固まっていった。彼は『地主』とはなにかをしっかり考えるべきだ、と言った。昔の地主は田畑を持っていて、そこで小作人を使って米や野菜を収穫し、それで収入を得ていた。小作人も、その土地に対する労働で生きていた。その時代の地主と、今の地主は役割も違えば借家人や地域に対する責任も違い、昔と同じ感覚で土地の経営をしているのは危険であると聞いて、心から納得した。有効活用が難しい土地は売って手放し、それを元手に価値の高い不動産を買っていく。土地の価値を最大限に高める。そういう努力こそが現代の地主に求められている、と思った。借地の扱いに困っていた自分は、知恵を借りながら随分と借地を整理することができた。ただし、この作業は一朝一夕にはできない、と言われたが、一〇年をかけてなお、全部を他の不動産に転換することはできていない。自分はまだ元気なつもりだが、死ぬまでに組み替えが終わらない可能性もある。そこで、残りの借地の処分は、稼頭彦に託したいと考えている。

ただし、稼頭彦が地主という仕事を嫌っていることはよく理解している。自分と同じようにやれというわけじゃない。自分らしく土地を活用して、家族を幸せにすればいいと思う。嫌いだからといって放棄するのではなく、逃げずに立ち向かってほしいと思う。人間は、生まれてくる環境を選べないものだ。それと同じように、誰しも生まれながらにして備わっているものがあり、それは正の資産であることもあれば、負の資産であることもあるだろう。自分に備わったものや環境をいかにアドバンテージにできるかが重要だと考えている。そして稼頭彦は、それができるだけの強さがあると思っている。

＊

ここまでが、稼頭彦さんに宛てた金蔵さんのお手紙です。署名はありません。この手紙は鉛筆で書かれていて、ところどころに消して書き直した痕跡があります。金蔵さんがこれですべての気持ちを書き終えたのか、あるいはまだ書き綴る気だったのかはわかりませんが、最も伝えたかったメッセージは記されていると考えています」

その場はしんと静まり返っていた。マリはじんと感動していた。これまで見えなかった金蔵という人物、無口で頑固で偏屈な大地主ととらえていた金蔵の内に、家族を深く思いやる愛情深い一面があったなんて、この手紙が見つからなければ、未来永劫だれにも知られなかっただろう。

ひと息ついた横井が、再び口を開いた。

「ここから、遺産の分け方についての文章を読み上げましょう。これは先ほどの手紙とは別の用紙に書かれていて、最後に書き記した日と署名が残されています。しかし、遺産分割についての正式な遺言であるためには、不動産の住所や土地面積などが詳しく書かれている必要があり、これはあくまで『覚書』、つまりメモ的なものです。遺言としての効力は不十分ですが、先ほども申し上げた『付言事項』としては十分と思われます。

＊

財産の分け方。

一、山手の家屋。君子に。いつまでものんびりと暮らせるように。受取人となっている生命保険と年金で十分暮らせるだろうと思う。

二、山手の土地。次美に。あの辺りは住環境がよく、子どもを育てるのにいいだろう。二世帯住居でも十分に暮らせる広さがあると考える。

三、本家の土地の三分の一。稼頭彦に。本家は長男であるお前が継ぐべきと考える。ただし、多満子姉さんと寿美子姉さんは、最後まで本家で暮らす。それだけは絶対に守るように。

四、石川町のアパート。稼頭彦に。リノベーションなり、建て替えるなり、活用次第でどうとでも化ける資産だと考える。活用方法は任せるが、迷ったら名刺の横井氏に相談するといい。

五、石川町の民泊アパート。君子に。ローンが残っているが、収益で返済していけると考える。ローン返済後は、君子と初美で売上を折半すればいい。

六、みなとみらいのマンション。初美に。ローンが残っているが、収益で返済していけると考える。ここは定期借家契約で貸しているので、将来的に初美が住むのもいい。実家から出て暮らす経験も貴重と考える。

七、アメリカの不動産。次美に。管理は横井氏に相談するように。

八、その他の借地。稼頭彦に。相続税などを払うときに現金化する必要があれば、売ってもかまわない。管理を含め売却についても横井氏に相談するように。

九、現預金。相続にかかる税金その他に使うように。残りは君子のものとする。ただし、一〇〇万円は、本家管理の足しに使うように。

十、この書面と一緒に、稼頭彦名義の通帳を一つ添える。これは、学資保険の三〇〇万と二〇〇万で、稼頭彦が大学に行くときのためのお金だったが使わなかった。使い道は、君子と三人の子どもたちで話し合って決めるように。


最後に、君子へ、これまでありがとう。

初美、次美、稼頭彦、君子をよろしく頼む。三人で仲良くして、お母さんを助けてあげるように。

二〇二一年五月一〇日　永田金蔵

＊

以上ですべてです」

横井は読み上げた書面を丁寧に畳んで元の封筒に収めた。またしても君子が啜り泣く声が響いているが、それぞれがそれぞれの思いを馳せているようである。横井もじっと沈黙していたが、多満子の「ちょっと」という声で一同ははっと我に返った。

「あのね、ちょっとわからないことがあるんだけど」

隣の寿美子は黙っている。このふたりは、果たしてこの内容をちゃんと理解できたのだろうか、とマリは不安に思った。

「本家管理の足しに一〇〇万っていうのは、私たちにくれるということ？」

「それは……。横井さん、どうなんでしょう？」

君子が困って横井に助けを求めた。

「遺産の中からお義姉さん方に現金を差し上げるとなると、税金がかかってしまいます。だから法定相続人のどなたかが相続し、たとえば君子さんが相続して、そのうち一〇〇万は、これから本家のために使いなさい、ということでしょう。結果的には、お姉さん方の経済的負担が多少軽くなる、という感じでしょうか」

「フーン」

多満子の皺くちゃの顔からは、納得したのかしていないのかはよくわからない。

「まあ、別にこの家に住めるならいいし、この家が終わらないならいいけどねぇ」

寿美子が言うと、隣の多満子が小さくうなずいた。

「君子さん、どうでしょうか？」

「どうもなにも、私は夫の言う通りにしたいです。ただそれだけ。お義姉さん方のことも頼まれましたので、これからもどうぞよろしくお願いいたします」

君子は深々と頭を下げた。ふたりの老婆はこれ以上はなにも言わないだろう。頭こそ下げてはいるものの、いわば君子の完全勝利である。

「初美さんと次美さんは？」

横井が尋ねると、姉妹はそれぞれうなずいた。

「別に、それでかまいません」

「ええ、私もまったく異論はないです」

「そうですか。それでは、稼頭彦さんは？」

横井が稼頭彦をじっと見つめ、一同の注目が稼頭彦に集まった。

（稼頭彦さんが「遺産はいらない」といえば、またイチからやり直しになるのかな……）

マリも不安な気持ちで稼頭彦をじっと見た。稼頭彦はしばらく俯《うつむ》いていたが、やがて顔を上げて小さな声で言った。

「それでいい」

「なに？」

「なんて？」

多満子と寿美子には、稼頭彦の言葉が聞こえなかったようだ。

「だから、それでいいって言ったんだよ」

稼頭彦がもう一度大きな声で繰り返した。怒っているように聞こえるのは照れ隠しなのかもしれないな、とマリは考えた。

「それでは、みなさん、金蔵さんの書いた通りの分割でよろしいということですね。反対する方はいらっしゃいますか？」

横井があらためて確かめる。誰も答えなかった。

「それでは、あとは税理士さんとよく相談されて、相続税の計算と納税をしてもらいましょう。君子さんの取り分が一億六〇〇〇万を超えると、超えた分に関しては税金がかかります。さて、金蔵さんの遺言に対して、みなさんの合意をいただきましたので、金蔵さんの遺志を汲み取りながら、より合理的な最終分割案をいずれ提案したいと思います。場合によっては、君子さんの取り分を調整してお子さん方への相続分を多くしたほうがいいかもしれません」

「社長、調整ってどうやるんですか？」

マリが尋ねる。

「一般的には不動産を半分半分で相続するのを四分六分にするとか、そういうことだ。けれど僕なら二次相続を視野に入れ、不動産の共有はできるだけ避けたいところだ。共有すると、いずれ君子さんが亡くなられた場合、つまり二次相続時に、その部分をお子さん三人で分割することになるが、将来的なトラブルを避けるために君子さんが遺言で分割方法を示しておくか、あらかじめ分割したほうがいいだろう。あるいは、現金で調整するのが理想だな。ただ、金蔵さんの意向に背くことにならないと思う範囲でね」

「なるほど」

「では、今日はこれでお開きに。数日のうちに、浜野がとった記録を点検・整理して、君子さんにお持ちします」

横井が立ち上がり、マリも急いで身の回りを片付け始める。

「そうそう、最後にひとつ、よろしいでしょうか」

横井はふたたび座り、一同を見回してから続けた。視線が横井に集まる。

「相続というと、どうしても相続する側の権利ばかりが主張されがちですが、相続とは本来、故人が生前にたゆまぬ努力で遺してくれた財産を、感謝して受け取ることだと私は思います。そしてどのように受け取るかは、受け取る側の『なにが欲しいか』ではなく、『遺した故人がどう分けたいか』にこそ焦点が当たるべきだと考えています。だから今回、金蔵さんの遺言が出てきて、本当によかったと思います。金蔵さんの思いは、みなさんにしっかり伝わったのではないでしょうか。……では、これにて退出させていただきますが、本日はありがとうございました」

横井が頭を下げたのを見て、マリも慌ててそれに倣った。君子が言った。

「こちらこそ、本当にありがとうございました。今後とも、どうぞよろしくお願いいたします」

二人は、家政婦に誘われて座敷を出た。障子を開けると明るい春の日差しが庭から降り注いでいる。

玄関へと続く廊下を渡りながら、マリは廊下に面した庭のほうを眺めて言った。

「梅がきれいですね」

おや、という顔で横井が立ち止まり、マリのほうを振り返った。

「あのね、社長。私だって、梅の花くらいわかりますよ」

「残念だったな。あれは桃だ」

「えっ！」

横井はすたすたと前を歩いていく。マリが愕然《がくぜん》としつつも追いかけると、笑いを嚙み殺しているのだろうか、前を進む家政婦の肩が震えているのがわかった。

エピローグ――三溪園の花見

三月下旬のある日、今日は横浜ポートシティ不動産総出の花見の日で、社員の四人は三溪園に来ていた。明治から昭和期の大実業家である原三溪が三之谷に購入した三溪園は、五万三〇〇〇坪（約一七万五〇〇〇平方メートル）の土地に造成した、広大な日本庭園である。外苑と内苑のふたつの庭園からなり、大池には水鳥が憩い、小山の上に三重塔がそびえ立っている。緑の中に、京都や鎌倉などから集められた一七棟の歴史的建造物が点在し、四季折々の花々が彩を添える。原三溪はこの一画を本宅としつつ、明治三九年（一九〇六年）にはその外苑を無料で一般に開放したというから、庭園のみならず、その人柄のスケールの大きさが知れるというものだ。今は財団が管理し、入場料をとっているが、有料でも訪れる人は絶えなかった。

三月から四月にかけての桜の季節には、さまざまな種類の桜が少しずつ時季をずらしながら、そこかしこで次々と花を咲かせていく。四月の初めともなれば桜は満開で、場所によっては散り始めるものも見られた。薄桃色に染まった木々を眺めるだけでなく、その姿が大池に映り込む風情や、散った花びらが花筏となって水面を漂う風情も味わいがある。

持参したテイクアウトの弁当をすでに食べ終え、マリたち一行はそんな大池が見える正門の近くに立っていた。

「すごいですね！　話を聞いたときは、こんなに広いとは思っていませんでした。桜もきれいだし」

「毎年この時季は花見でここに来るけど、社長のガイドがあるから便利ですね」

関谷が笑って言うと、芳江がマリだけにこっそり言った。

「社長、必ずガイドするのよ。私と関谷くんはもう何回も聞いているんだから」

「三溪園は、横浜が誇る文化の香りだからね。京都にも負けない名勝だ」

芳江の言葉が聞こえない横井は、満足げに話している。

「花見のベストスポットはここだけじゃない」

「え？」

「これから『桜道』がある」

やれやれ、という様子で関谷と芳江が目配せし合ったが、横井はどこ吹く風である。横井は三溪園の正門を出て、外の通りを歩いていく。曲がりくねったバス通りを進むと、桜並木が大きく枝振りを伸ばし、アーチのようになっていた。そよ風が吹くと、頭上からはらはらと花びらが降ってくる。

「わあ、すごい！」

マリが歓声をあげた。こんどは関谷がマリに耳打ちするように言う。

「社長、浜野さんをびっくりさせようとして、結構考えていたみたいだよ。三溪園で花見をした後にこの桜道を歩くルートにするために、三溪園には正門からじゃなくて、海岸に近いほうの南門から入ったりして」

「へえ、そうなんですね！」

マリは横井がそんな準備をしていたとは知らず、素直に嬉しかった。もしかすると、今回の自分の頑張りにたいする労いの気持ちがあるのだろうか。

(不動産とか相続って、全然興味なかったけど、結構おもしろいんだなあ)

マリはこの花見が、横浜ポートシティ不動産に入社してからの本当の歓迎会のような気がした。

「この桜道は三溪園と違って入場料は要らないから、また来るといいよ」

「この時季は、毎日でも来たくなっちゃいますね!」

しゃべりながら歩いていくうちに四人はバス停に到着し、やってきた横浜駅行きのバスに乗り込んだ。

平日のせいか空いていて、四人はいちばん後ろの席に並んで座る。窓際のマリはしばらく窓の外を眺めていたが、そのうちに知っている景色の中をバスが走っていることに気がついた。

「ここ、もしかして、永田家の本家の近く?」

「そうだよ」

「ほんとに三溪園の近くだったんですね」

「マリちゃん、大活躍だったらしいじゃない」

隣の芳江が言って、マリは誇らしくなった。

「私、最初は絶対に丸く収まらないって思っていたんですけど、社長の言った通り、本当にみんな幸せになりましたね。まあ、幸せかどうかは本人しかわからないけれど、それでも君子さんは、それに亡くなった金蔵さんも、満足しているんじゃないかなって思います」

(そういえば……)

マリは山手の永田邸で、横井が遺産の分け方について自分の考えを話したことを思い出した。

(あのとき社長は「一案として」と言ったけれど、結局金蔵さんの遺した「資産の分け方について」の手紙に書かれた内容は、社長の案とほとんど一緒だったな……。もしかすると社長って、やっぱりすごい人なのかも……)

「まあ、相続の仕方は決まったけど、解決はまだ先だよ。貸宅地をどうするか、そしてあの石川町のアパートをどう再生させるかもあるからな」

横井が誰にともなく言う。

「稼頭彦さん、うちに相談に来てくれますかね。物件の再生。あそこは立地がいいから、アパートとしてリノベーションもいいし、無人ホテルにしてもいいかも……」

関谷は目を輝かせている。

「そうなったら、お前が頼むよ」

横井はじっと腕を組んで黙り込み、目を閉じた。

(疲れているのかな、相変わらず毎日飛び回っているし)

花見を開催してくれた横井に対して、マリはすこし申し訳ない気持ちになった。芳江が横井の様子に気づいて声をかける。

「あれ、社長、お疲れですか?」

「別に。ただ、きのうもゴルフだったし、あしたもゴルフだからな。この移動中だけでも体を休めておかないと、いいプレーができないだろ」

それを聞いてマリは開いた口が塞がらなかった。横井の隣の関谷が声をあげて笑った。

マリたちを乗せたバスは桜並木の中を走りながら、オフィスのほうへと下り坂を進んでいった。

右手盛賢富（うて・たかひさ）

1963年生まれ。大学卒業後、東証一部上場住宅メーカーに入社。1年で社内のセールスオリンピックに入賞するなどの実績を挙げ、営業課長、横浜支店営業マネージャーなどを経て2002年に退職。「問題解決型不動産コンサルティング会社」を掲げ、新都市総合管理株式会社を設立して代表取締役に就任。「建築と不動産がわかるコンサルタント」として、相続業務や収益不動産経営コンサルタント業務を開始する。2008年に「不動産相談室かながわ」を創設し、これまで3000人超のクライアントに対して不動産と相続に関するアドバイスを行なう。著書に『今日からあなたも大家さん』（諏訪書房）、『中古アパート経営で解決する間違いだらけの相続対策』（幻冬舎）がある。横浜市在住で、趣味はゴルフ（ベスト81）。

こちら横浜《よこはま》ポートシティ不動産《ふどうさん》

2023年5月26日　第1刷発行

著者　**右手盛賢富《うてたかひさ》**

発行者　寺田俊治

発行所　**株式会社 日刊現代**

東京都中央区新川1-3-17　新川三幸ビル
郵便番号　104-8007
電話　03-5244-9620

発売所　**株式会社 講談社**

東京都文京区音羽2-12-21
郵便番号　112-8001
電話　03-5395-3606

印刷所／製本所　**中央精版印刷株式会社**

表紙・本文デザイン　菊池祐（ライラック）
編集協力　ブランクエスト

C0093

ISBN978-4-06-532337-3